倉阪鬼一郎

夢あかり
人情料理わん屋

実業之日本社

実業之日本社文庫

夢あかり　人情料理わん屋　目次

夢あかり　人情料理わん屋

第一章　新春ことほぎ膳

一

通油町《とおりあぶらちょう》のわん屋に新年が来た。

両国橋《りょうごくばし》のほうへ進むにつれ、だんだんに旅籠《はたご》が増えてくる。そこの泊まり客を当てこんだ料理屋も目立ちはじめる。

そんな町の脇道に、見過ごされそうな軒行灯《のきあんどん》が出ている。そこがわん屋だ。

中食《ちゅうじき》の膳と、二幕目の酒と肴《さかな》。うるさい舌の持ち主もうなるほどの料理を出す隠れた名店だが、江戸広しといえどもよそにはない風変わりなところがあった。

料理は必ず円い器で供されるのだ。木の椀《わん》に、陶器の碗《わん》。竹細工の曲げ物や、ぎやまんの器。とにかくすべてが円い。

世の中が円くおさまるように……。

そんな願いをこめて、料理を円い器に盛ってお出しする。

それが、わん屋のあるじの真造《しんぞう》と、おかみのおみねの心意気だった。

「よし、寒くなってきたから帰るぞ」

真造はそう言って、せがれの円造《えんぞう》をだっこした。

近くの延命地蔵だ。

さほど名のある地蔵ではないが、土地《ところ》の人々の尊崇は厚く、必ずだれかがお供えをしてある。

「来年はもう歩けるから、浅草寺《せんそうじ》あたりで初詣ね」

おみねが言った。

「浅草寺まで歩くのはまだ無理だろう」

真造が答えた。

わん屋の跡取り息子の円造はまだ生まれて七か月ほどだ。つかまり立ちもまだ危なっかしそうだ。

「門前までおまえさんが運んでいけば」

と、おみね。

「ああ、そういうことか。それなら、橋向こうの深川《ふかがわ》の八幡《はちまん》さまにだって行けるぞ」

真造は乗り気で言った。

「いいわね。橋からお船も見えるし」

おみねは円造に言った。

通じたのかどうか、息子は笑みを浮かべた。

「考えてみたら、ふしぎなものだな」

円造をだっこして歩きながら、真造が妙にしみじみと言った。

「何が？」

おみねが訊《き》く。

「去年の正月は、この子がまだおまえのおなかの中にいて、嫁に行った真沙《しんしゃ》がいた」

真造が答える。

「そうだったわねえ。人のさだめは分からないもので」

おみねは感慨深げに答えた。

真造の下の妹の真沙は、縁あっておみねの弟の文佐《ぶんすけ》と夫婦《めおと》になった。真沙はおみねの実家でもある三峯大権現《みつみねだいごんげん》へ嫁ぎ、宿坊の厨《くりや》を受け持つ文佐を支えている。先だっても仲の良さが伝わってくるような文が届いた。

「去年の正月は、文佐の影すらなかったんだからな。……あっ、あれは」

真造は行く手を見た。

「近々お嫁入りの娘さんね」

おみねが笑みを浮かべた。

これから発《た》つ客に向かっていま頭を下げたのは、近くの旅籠、的屋《まとや》の看板娘のおまきだった。

二

「おはようございます」

おまきがはきはきした声であいさつした。

「ああ、おはよう」

「近場のお地蔵さまで初詣を済ませてきたところなの」

わん屋の二人が言った。

「それはずいぶん近いですね」

おまきが笑みを浮かべた。

ここで的屋のあるじの大造《だいぞう》とおかみのおさだも出てきた。わん屋からは旅籠の客に夕餉《ゆうげ》や弁当を運んだりしているから、身内のようなものだ。

「ときに、例のご相談ですが、わん屋さん」

大造が切り出した。

「祝言の宴の日取りですね？」

おみねが問う。

それを聞いて、おまきがいくらか恥ずかしそうに目を伏せた。

「ええ。正月はばたばたしますし、先様の出見世《でみせ》の普請もありますので、いちばん終《しま》いの吉日でというお話で」

的屋のあるじが笑顔で言った。

「承知いたしました。貸し切りでやらせていただきますので」

おみねがすぐさま答えた。

「宴の料理はお任せくださいまし」

真造が軽く二の腕をたたいた。

「どうかよしなにお願いいたします」

旅籠のおかみが頭を下げた。

「ご厄介をおかけします」

おまきも続く。

「厄介どころか、幸せのおすそ分けなので」

おみねが笑みを浮かべた。

的屋の看板娘のおまきは近々嫁入りすることに決まっている。その縁結びに、わん屋はひと役買っていた。わん屋が取り持つ縁だから、祝言の宴が行われるのは当然の成り行きだった。

「気を入れてつくらせていただきます」

真造が笑みを浮かべた。

「どうかよしなに」

的屋のおかみが重ねて言った。

三

わん屋の取り持つ縁とは、こうだった。

すべての料理を円い器に盛るわん屋には、さまざまな器をつくる人々が集まってきた。

ことに、常連中の常連である通《とおり》二丁目の塗物問屋、大黒屋《だいこくや》の隠居の七兵衛《しちべえ》の肝煎《きもい》りで、わんづくりたちが集まるわん講がわん屋で催されるようになった。

月に一度、円い月にちなんだ十五日に寄り合って宴を開く。初めのうちはわん屋の酒と肴を賞味しながら語り合うだけだったが、そのうちに何か催し物をやろうという話になった。

それがわん市だ。

おおよそ季節ごとの初午《はつうま》の日に、光輪寺《こうりんじ》というお寺で市が催されることになった。

椀や碗、ぎやまんの器に竹細工、円い器をたくさんそろえ、寺の御開帳を目当てに来る客を呼びこむ。

いざ開いてみると、思いのほか客が来てくれた。ことに人気だったのは、ぎやまんと唐物《からもの》を扱う千鳥屋《ちどりや》の品だった。それを気に入った的屋の看板娘のおまきが、わん市で売り子をつとめた。あるじの幸之助《こうのすけ》はその働きぶりに目を細めていた。

おまきが中食だけ手伝っていたわん屋へ次男の幸吉《こうきち》を連れて行ったところ、幸吉もすっかりおまきを気に入った。そこから結ばれた縁はあれよあれよという間に勁《つよ》くなり、おまきと幸吉はめでたく夫婦になることが決まった。

あるじの幸之助は隠居して長男に千鳥屋を譲り、的屋の看板娘を嫁に迎えた幸吉は新たに出見世を開くことになった。その普請も進んでいる。

まさに、わん屋が取り持つ縁だった。

お出かけで疲れたのか、わん屋に戻ってほどなく円造は寝てしまった。

明日からまたのれんを出す。その仕込みに取りかかろうとしたとき、ふらりと次兄の真次《しんじ》が姿を現した。椀づくりの親方の太平《たへい》も一緒だ。得意先への年始廻《まわ》りの帰りに立ち寄ったらしい。

わん屋には一枚板の席と、小上がりの座敷がある。二人が陣取ったのは、むろん一枚板の席だ。

「今年もわん講やわん市でよしなに」

真造が太平に言った。

「まず今月はわん講だな。正月の初午からわん市ってわけにもいかねえし」

ほまれの指を持つ椀づくりの親方が言った。

「ええ、そのあとに千鳥屋の幸吉さんと的屋のおまきちゃんの祝いの宴もありますから」

酒の支度をしながら、おみねが言った。

初めは三月に一度という話だったわん市だが、さすがに正月からはばたばたする。そこで、四か月に一度、年の初めは二月の初午の日に行うことになった。祝いの宴からさほど間が空かないが、それはやむをえない。

「兄さんは今年は来ないのかい」

真次が真造に言った。

初めは宮大工の修業をしていたのだが、いろいろあって椀づくりに身を転じた。めきめきと腕を上げ、親方の信頼も厚い。

「去年は円造の安産祈願があったから、わざわざ来てくれたけど、正月の神社は忙しいから」

真造は笑みを浮かべた。

長兄の真斎《しんさい》は西ケ原《にしがはら》村の依那古《いなこ》神社の宮司だ。さほど広壮ではないが古さびた清《すが》しい社《やしろ》で、邪気祓《ばら》いのために関八州から訪れる客がいる。

おみねが三峯大権現の家系なら、真造はこの神社の三男だ。昨年は安産祈願のため、白馬に乗って来てくれたものだ。

「そのうちあたたかくなったら、円造を連れてまた行かないと」

おみねが言った。

「そうだな。少し歩けるようになったら、行くことにしよう」

と、真造。

「神社まで歩くのか？」

真次が問うた。

「いや、さすがにそれは。歩くのは神社の境内だけで、そこまでは駕籠《かご》で行くよ」

真造は笑って答えた。

燗酒《かんざけ》と肴が出た。

のれんは出していないが、おせちはひとわたりつくってある。明日の中食の膳にもいくつか出して新年らしさを出すつもりだった。

「うめえな」

田作りを肴に猪口《ちょこ》の酒を呑《の》み干した太平が言った。

「今年もうまいものを食わせてくれ」

真次はそう言うと、かすご鯛《だい》の焼き物に箸を伸ばした。

肴はすべて円い焼き物の皿に盛られている。細長い器がないから、盛り付けに苦労することもあるが、それもまた楽しみの一つだ。

「精一杯やるよ」

わん屋のあるじは笑みを浮かべた。

四

翌日——。

わん屋の前にこんな貼り紙が出た。

けふの中食　三十食かぎり

ことほぎ膳
赤飯とおたのしみおかず
おざふに
今年もよしなにお願ひいたします
わん屋

「お、やってるぜ、わん屋」

通りかかったなじみの職人衆の一人が貼り紙を指さした。

「まだのれんは出てねえぞ」

「そろそろ出るだろう。いい匂いがしてるぜ」

「なら、並んどくか」

「ことほぎ膳なら、すぐ売り切れそうだからな」

そんな声を聞いて、おみねがのれんを手に取った。

「中食、始めます」

厨に向かって言う。

「はいよ」

打てば響くように真造が答えた。

「承知で」

見世を手伝っているおちさも気の入った声を発した。

客は次々に来てくれた。

「あっ、ご隠居さん。本年もよろしゅうに」

おみねの顔がぱっとやわらいだ。

「新年の皮切りだから、珍しく中食から来たよ。縁起物だからね」

そう言って一枚板の席に腰を下ろしたのは、大黒屋の隠居の七兵衛だった。

「お世話になります」

お付きの手代《てだい》の巳之吉《みのきち》も座る。

「どうかよしなに……はい、お膳二つ上がったよ」

せわしなく手を動かしながら、真造が言った。

中食の厨は合戦場《かっせんば》のような按配《あんばい》になる。今日は新年のことほぎ膳で、いつもより手間がかかるから、ことに動きがせわしなかった。

上がった膳をおみねとおちさが先に来た職人衆のもとへ運んでいく。

「おう、来た来た」

「新年から目が回りそうだ」

たちまち声が飛んだ。

目が回りそうな膳は、ほどなく大黒屋の主従のもとへも運ばれた。

ぷっくりしたささげがふんだんに入った赤飯と、餅に加えて里芋や椎茸《しいたけ》や人参《にんじん》や大根など具だくさんの雑煮。円い大皿の縁にはぐるりと紅白の蒲鉾《かまぼこ》、その内側にはだし巻き玉子と数の子と田作りと昆布《こぶ》巻き、芯になるところにはつんもりと黒豆が盛られている。見ただけで声が出る「おたのしみおかず」だ。

「こりゃ食べきれるかね」

七兵衛が笑みを浮かべた。

「食べきれなかった分は手前がいただきますので」

巳之吉がそう言って、さっそく数の子に箸を伸ばした。

「はは、頼むよ」

隠居はそう言うと、少し迷ってからだし巻き玉子を箸でつまんだ。

「いらっしゃいまし」

「お座敷、お相席でどうぞ」

おみねとおちさの声が響く。

それに覆いかぶさるように、円造の泣き声が響いた。壁ぎわでつかまり立ちをしようとしてしくじってしまったらしい。

「おーい、泣いてるぜ」

「いまおっかさんが来るからよ」

客が言った。

「はいはい、ただいま」

おみねが手を拭きながら息子のもとへ急いだ。

忙しいときでも子は待ってくれない。

「あと五膳!」

厨から真造が声を張り上げた。

「あと五膳だってよ」

「そろそろ打ち止めの頃合いだぜ」

職人衆がおちさに声をかけた。

「はい、ただいま」

おちさは残りの客の数を数えると、あわてて外へ出た。

ちょうど間に合った。

「こちらさまで打ち止めでございます」

そう言うなり、「本日の中食うりきれました」という立札を出す。これを出してしまえばひと安心だ。

「これだけおかずがあると食いきれねえな」

「そうだろうと思って、手回し良く弁当箱を持ってきたぜ」

「そりゃ知恵が回るな」

座敷の客がさえずる。

「なるほど、そうしたほうが良かったね」

大黒屋の隠居が温顔で言った。

「では、ご用意いたしましょう」

やっと円造をなだめたおみねが申し出る。

「手前だけがいただくのも相済まないので、丁稚《でっち》どんにも差し入れを」

巳之吉が言った。

「それがいいね。なら、残りを包んでもらおう」

七兵衛が笑みを浮かべた。

「承知いたしました」

おみねがいい声で答えた。

五

中食の膳が終わると、短い中休みを経て二幕目に入る。

どの料理も円い器や皿に盛られるのは同じだが、二幕目では手のこんだ酒の肴が出る。

尾の張った秋刀魚《さんま》の塩焼きや、穴子の一本焼きなどは出せない。とてつもなく大きな円皿がないと盛れないからだ。そこで、秋刀魚は塩焼きではなく、切って蒲焼《かばや》きにする。あるいは新鮮なものは刺身にする。穴子は切って俵型に積み上げる。円い器という縛りがあるから、おのずと手のこんだ肴になるのだった。

その二幕目――。

手代の巳之吉だけ見世に戻らせ、隠居の七兵衛はなおもわん屋に残っていた。

そこへ、おちさの兄の富松《とみまつ》と同じ長屋で仲のいい丑之助《うしのすけ》がやってきた。富松は竹箸づくり、丑之助は竹細工で円い器をつくる職人だ。

「妹ともども、今年もよしなに」

富松が頭を下げた。

「こちらこそよしなに」

「どうぞよろしゅうに」

わん屋の夫婦の声がそろう。

中食の膳とはまた違った盛り付けでおせちが出た。それに天麩羅《てんぷら》が加わる。

姿のいい海老《えび》が揚がった。帆船をかたどった円い碗に立てかけられる。

「なるほど。これなら長細い皿は要らないね」

隠居が笑みを浮かべた。

「ちょうどいい碗があったもんだねえ」

丑之助がそう言って、海老の天麩羅をさくっと嚙《か》んだ。

「……うめえ」

思わず笑みがこぼれる。

「美濃屋《みのや》さんに言ってつくってもらったんですよ」

座敷で円造を遊ばせながら、おみねが言った。

「はは、道理で都合がいいと思った」

竹細工の職人が笑った。

「お、うわさをすれば影あらわるだね」

隠居が言った。

のれんを分けて入ってきたのは、瀬戸物問屋の美濃屋の主従だった。

六

「和尚さんがよしなに、と」

美濃屋のあるじの正作《しょうさく》が笑顔で言った。

「承知しました」

天麩羅を揚げながら、真造が答えた。

和尚さんとは、わん市の舞台となる光輪寺の文祥《ぶんしょう》和尚のことだ。器道楽で、もともと美濃屋の上得意だった。

「わん市は来月の初午の日だから、そろそろ支度をしないといけないね」

七兵衛が言った。

「そうですね。今月がわん講、来月がわん市だから、いささかせわしないです」

正作が答えた。

「そのあいだに、千鳥屋の幸吉さんとおまきちゃんの祝言の宴もありますので」

お茶を運びながら、おみねが言った。

年始廻りの途中だから、あるじも酒ではなく茶だ。

「ああ、そうだったね。新年早々からおめでたいことだ」

美濃屋のあるじが笑みを浮かべた。

「おいらも出ますんで」

竹細工の器づくりの丑之助が言った。

富松が和《わ》す。

「ついでに箸づくりのおいらも」

「今年もみなで競い合って盛り立てていけばいいよ」

大黒屋の隠居がそう言ったとき、次の天麩羅が出た。

「いきなり目が回りそうなのが出たね」

正作が言った。

「蓮根《れんこん》の穴がふさがっていますよ」

目のくりくりした手代の信太《しんた》がのぞきこんで言った。

美濃屋が来たから、色絵の円皿に紙を敷いて天麩羅を出した。蓮根には海老しんじょを詰めてある。真ん中に盛られた大根おろしを取り囲むように蓮根の天麩羅が盛られているから、たしかに目が回りそうだ。

「なるほど、縁起物だね。穴をふさいでくれるんだから」

七兵衛がそう言って箸を伸ばした。

ほかの面々も続く。

「海老が効いてますね」

美濃屋のあるじが笑みを浮かべた。

「おいしゅうございます」

信太も満面の笑みだ。

その後は千鳥屋の出見世の話になった。普請は順調に進んでおり、幸吉とおまきの祝言の宴が終わったら、もうすぐにでも見世を開けるようだ。

「では、祝言と見世びらきの両方を兼ねた宴になりますね」

真造が言った。

「腕によりをかけた料理を出さないと」

おみねが言う。

「そうだな」

真造は短く答えて、鱚《きす》の天麩羅の油をしゃっと切った。

こちらは竹細工の器に紙を敷いて出す。

「おいらの品だ」

丑之助が満足げに受け取った。

使えば使うほどに色合いが深くなっていくのが竹細工の器の良さだ。丑之助がつくった品は、ことに網代《あじろ》模様が美しい。

「なら、これをいただいたら次へ」

正作がお付きの手代に言った。

「承知しました」

信太がうなずく。

「腰を据えて呑んでいかないのかい」

七兵衛が水を向けた。

「それは隠居してからの楽しみに」

正作が答える。

「そういえば、千鳥屋の幸之助さんの隠居祝いも兼ねることになるのかねえ」

と、七兵衛。

「ついでに、と言うと申し訳ないですが、お祝いいたしましょう」

美濃屋のあるじが言った。

「祝いごとがたくさんですね」

おみねのほおにえくぼが浮かんだ。

「何にせよ、楽しみだよ」

大黒屋の隠居はそう言うと、からりと揚がった鱚の天麩羅をさくっと噛んだ。

第二章　祝いの宴

一

十五日のわん講が終わると、いよいよ祝言の宴が近づいた。
あいにく雪が積もった日があった。わん屋は表通りに面していないから、真造が懸命に雪かきをして路地を通れるようにした。その後は幸いあたたかな晴天が続き、雪は固まることなくおおむね溶けてくれた。

本日うたげのため
かしきりです
わん屋

早々とそんな貼り紙が出た。

常連客には事あるごとに告げていたから、昼に来る客はほとんどいなかった。

厨では、真造がおみねの手も借りて忙しく料理をつくっていた。

「はいはい、お母さんは忙しいからね」

ぐずった円造をおちさがあやす。

「悪いわね。いま手が空くから」

おみねが手を拭いて、座敷のほうへ歩み寄った。

「宴のあいだは奥で寝ていてくれればいいんだがな」

手を動かしながら、真造が言った。

「こればっかりは、成り行きで。……はいはい、おかあが来たよ」

おみねがなだめると、円造はほどなく泣きやんだ。

そんな按配で支度が続き、八つどき（午後二時ごろ）が近づいた。

「お、一番乗りかい」

大黒屋の隠居の七兵衛が言った。

わん講などではお付き衆もお相伴《しょうばん》にあずかるのだが、今日の宴は頭数が多いためあるじだけだ。

「いらっしゃいまし。ご隠居さんは仲立ち役ですから、こちらへ」

おみねが手つきをまじえて言った。

「先に座るのも何だねえ……お、来た来た」

隠居が手を挙げて美濃屋の正作を迎えた。

少し遅れて、富松と丑之助も連れ立って入ってきた。

「おいらたちはそっちでいいかい？」

富松が一枚板の席を指さした。

そこにも取り皿などがすでに並んでいる。

「ええ、お願いします。双方のご親族や友のみなさんも見えますので」

おみねがにこやかに答えた。

その後もだんだんに人が増えてきた。

すぐ近くの的屋からは、おさだが様子を伝えに来た。

「いま着付けを始めたところですので」

旅籠のおかみが笑みを浮かべた。

「さようですか。そろそろ千鳥屋さんのほうも見えるんじゃないかと」

おみねが答えた。

「分かりました。では、またのちほど」

おさだはあわただしく戻っていった。

それと入れ替わるように、千鳥屋の親子が入ってきた。

「おお、こりゃあいい男っぷりだね」

七兵衛が声をあげた。

祝言の宴に臨む千鳥屋の次男の幸吉は、屋号入りの目の覚めるような袴《はかま》をまとっていた。

二

婚礼に長兄の真斎を呼ぶという案もあったのだが、西ヶ原村は遠い。前の晩から泊まりがけになってしまうから見合わせることにした。

両家の相談で、堅苦しいことはなるたけやめて、まず的屋に近いわん屋で宴を行い、しかるのちに駕籠で金杉橋《かなすぎばし》の千鳥屋へ輿《こし》入れをするという段取りになっていた。嫁入り道具は荷車で運ぶ。駕籠も荷車も抜かりなく約を入れてあった。

むろん、嫁入り先でも顔合わせを兼ねた宴がある。千鳥屋の跡取り息子の幸太《こうた》郎《ろう》にはすでに女房も子もいる。ぎやまん唐物処《どころ》としては江戸でも指折りの構えだから、番頭や手代もいる。そういった面々までわん屋には入れられないので、二段構えにしたといういきさつだった。いずれにしても、今日は長い一日になる。

「まもなくうかがいます」

跡取り息子の大助《だいすけ》が急いで伝えに来た。

まだ十四だからいささか頼りないが、そのうち若あるじとして芯が入ってくるだろう。

「はい、承知で」

おみねが答えた。

「よし、鯛と赤飯を出すぞ」

真造が気の入った声を発した。

「はい、ただいま」

おちさがすかさず動いた。

おみねがどれくらい動けるかは円造しだいだ。もし手が回らなかったら、次兄の真次と椀づくりの親方の太平、それにおちさの兄の富松が運び役を手伝うことになっていた。それだけ声をかけておけば大丈夫だろう。

幸吉の朋輩《ほうばい》はわん屋の宴だけ出る。おまきの幼なじみなどもそうだ。わん屋の座敷はだんだんに埋まっていった。

「お待たせをいたしました」

ややあって、張りのある声が響いた。

的屋のあるじの大造の声だ。

少し遅れて、母のおさだに気づかわれながら、花嫁のおまきが入ってきた。

「ほう」

思わず声がもれる。

わん屋に姿を現した花嫁は、純白の綿帽子をかぶっていた。

三

鯛の焼き物に赤飯にお椀。三つが載った膳が運ばれてきた。

足の付いた優雅な塗物だ。むろん、すべて円い。

「うちの品のなかでいちばんいいものを選んだんだよ」

大黒屋の隠居が得意げに言った。

「黒光りがしてますな」

椀づくりの親方が言う。

「つややかな漆塗りで」

その弟子の真次が言った。

「お膳、整いましたでしょうか」

酒を運びながら、おみねが問うた。

「あと一膳」

幸吉の友が指を一本立てた。

「相済みません、ただいま」

「お茶はこちらに。声をかけていただければ、すぐお持ちいたしますので」

土瓶と湯呑みをいくつか載せたお盆を、おちさが座敷の隅に置いた。下戸《げこ》の者もいるから、茶の支度も欠かせない。

それやこれやで、支度が整った。

普通なら白木《しらき》の三方《さんぽう》に酒器や縁起物が載せられているのだが、ここはわん屋だ。「すべてを円く」がこだわりだから、ほうぼうを当たって円い木の台を探してきた。

「では、憚《はばか》りながら仲立ち役をつとめさせていただきます」

七兵衛が白い徳利《とっくり》を手に取った。

まずは固めの盃《さかずき》だ。

新郎新婦が緊張気味に三々九度の盃を取り交わすと、双方の両親がほっとしたような顔つきになった。

「いまのいまから、ご両人は夫婦《めおと》でございます。このたびは、まことにおめでたく存じました」

これまで場数を踏んできた大黒屋の隠居が慣れた口調で言った。

「ありがたく存じます」

幸吉が一礼した。

おまきも感慨深げに頭を下げる。

「では、お料理をどんどんお持ちしますので」

おみねが言った。

料理が運ばれるたびに歓声がわいた。

ことに、活《い》きのいい刺身の盛り合わせの大皿に続いて出された細工寿司《ずし》の太巻きの円桶《まるおけ》は大好評だった。

「これは見事ですねえ」

千鳥屋の幸之助がうなった。

「ほんとに娘と若者の顔に見える」

「手わざだねえ」

「食うのがもったいないよ」

幸吉の朋輩たちが口々に言った。

小さな細巻きをより合わせ、ぐっと力を入れて巻きこんで太巻きにする。それを切れば、男女の顔が現れるという細工だった。

髷《まげ》と目と口。それぞれに食材を変えて顔に見えるようにする。初めのうちはずいぶんしくじったが、いまはこうして祝いの宴に出せるまでになった。

「どうか娘をよしなにお願いいたします」

的屋のあるじとおかみが、それぞれ徳利を持って千鳥屋の親子に酒をついだ。

「こちらこそ、末永くよしなに」

幸之助が笑みを浮かべて答える。

「嫁入りのあと、さほど間を置かずに出見世びらきなので、娘におかみがつとまるかどうか案じておりますが」

大造が包み隠さず言った。

「おまきちゃんなら大丈夫ですよ。わん市の売り子ぶりを見て、わたしが先に気に入ったんですから」

千鳥屋のあるじが言った。

「ぎやまん物はていねいに扱わないといけませんので、粗相をしないかどうかと案じておりまして」

的屋のおかみが胸に手をやった。

「わたしもいくたびか割ってますから」

新郎が白い歯を見せたから、場に和気が漂った。

「とにかく、力を合わせてやっていけば平気だよ」

大黒屋の隠居が風を送る。

「出見世は若夫婦だけじゃないんでしょう?」

美濃屋の正作がたずねた。

「ええ。初めのうちは古参の番頭を付けますし、わたしも隠居したらちょくちょく顔を出すつもりですから」

幸之助が答えた。

「出見世はどこへ出すんだい？」

幸吉の朋輩がたずねた。

「宇田川橋《うだがわばし》の近くだよ。本店が金杉橋だから、同じ街道筋の日本橋《にほんばし》寄り」

幸吉は答えた。

「本店より客が入るかもしれないね」

まもなく隠居するあるじは笑みを浮かべた。

「まあ、隠居には隠居の働きがあるから」

おのれに引き付けて言うと、七兵衛は幸之助に酒をついだ。

「お手本にさせていただきます」

千鳥屋のあるじはそう答えると、猪口の酒をくいと呑み干した。

料理は次々に出た。

だし巻き玉子と昆布巻きが円く盛り付けられた桶には、次々に箸が伸びた。茶碗蒸しににゅうめん、寒い時季にはありがたい料理も運ばれた。美濃屋と大黒屋、碗と椀も妍《けん》を競う。

海老や鱚や椎茸などの天麩羅は、竹細工の器に紙を敷いて盛られた。主役のぎやまんの器は、冷めてもおいしい高野豆腐と絹さやと海老の煮物などに使われた。

ぎやまんの器に盛ると色合いが引き立つ。

「せっかくだから、酒はこちらで」

真次がぎやまんの盃を手に取った。

「ほんとは冷やより燗だがよ」

椀づくりの親方の太平も続く。

塗物ではない椀も赤飯の取り分け用などに使われていた。木目を活かした器に、ささげがたっぷり入った赤飯が合う。

そんな按配で宴は進み、料理もほぼ出尽くした。

「では、そろそろ締めのほうに」

おみねが七兵衛に小声でうながした。

大黒屋の隠居がやおら立ち上がる。

「宴もたけなわでございますが、このあと、千鳥屋さんのほうでも内々《うちうち》の宴がございます。わん屋での宴はあとしばしでお開きとさせていただきますので、呑み残し食べ残しのなきように」

慣れた口調であいさつする。

「ああ、呑んでるぜ」

「締めに鯛雑炊まで出たから、腹いっぱいだ」

ほうぼうから出来上がった声が飛んだ。

「では、このあたりで千鳥屋さんからひと言」

七兵衛は身ぶりをまじえた。

「よっ、隠居おめでとう」

一枚板の席から太平が掛け声を発した。

「ありがたく存じます」

幸之助は一礼してから続けた。

「このたびは……」

そうあいさつを始めたところで、円造が急に泣きだしたから、わん屋に笑いがわいた。

「はいはい、奥へ行こうね」

おみねがあわてて抱っこする。

「せがれもついこのあいだまであんなにちっちゃかったような気がするんですが、何と申しますか、子の育つのはあっと言う間でございまして……」

千鳥屋のあるじはここで目をしばたたかせた。

的屋のおかみも目元に指をやる。

「ふと気がつくと、素晴らしいお嫁さんをもらい、近々出見世も開くことになりました。これもひとえに皆様の支えの賜物《たまもの》でございます。この先も、若い二人が切り盛りしていきます千鳥屋の出見世をよしなにお願いいたします」

幸之助は深々と頭を下げてあいさつを終えた。

続いて、的屋のあるじも礼を述べ、最後に主役の二人が居住まいを正した。

「本日は、ありがたく存じました」

幸吉がかなり硬い顔つきで切り出したが、緊張のあまりあとの言葉が続かない。

見かねておまきが口を開いた。

「次のわん市で引札を配り、いよいよ出見世を開きます。宇田川橋の千鳥屋にもどうかお越しくださいまし」

旅籠の看板娘だったおまきは笑みを浮かべて言った。

「ああ、これなら大丈夫だ」

「繁盛間違いなしだよ」

「いい宴の締めくくりだね」

ほうぼうで笑顔の花が咲いた。

四

「そうかい、今日はわん市かい」

大河内鍋之助《おおこうちなべのすけ》同心が言った。

一応のところは、町方の隠密廻りだ。今日は薬売りに身をやつしている。あまりにも真に迫っているから、越中《えっちゅう》富山の萬金丹《まんきんたん》を町で所望されることもしばしばらしい。

「ええ。終わったら、みなさんうちへ見えると思います」

真造が答えた。

「さすがにそこまではいられねえがな」

大河内同心はそう言って、とがったあごに手をやった。

鍋之助という名を聞くと横幅のある男を思い浮かべるが、名は体を表さぬ細面《ほそおもて》で、役者にしたいような渋い男前だ。

「千之助《せんのすけ》さんは御役ですか？」

おみねが問うた。

「御役だが、おれじゃなくておもかげ堂のほうだ。からくり人形の元になる神木を探しに飛騨《ひだ》へ行ってる」

大河内同心は答えた。

からくり人形をあきなう本郷竹町《ほんごうたけちょう》のおもかげ堂のきょうだいも、わん屋ではなじみの客だ。

「ほう、飛騨へ」

ぎょろりとした目の異貌の男が少し身を乗り出した。

戯作者の蔵臼錦之助《くらうすきんのすけ》だ。

戯作の当たりは久しく出ていないから、引札（広告）の文案をつくったり、かわら版屋の下請けをしたりして糊口《ここう》をしのいでいる。異貌を活かして浅草《あさくさ》の奥山の因果小屋の呼び込みもたまに行っているが、なかにはあまりの恐ろしさに火が付いたように泣きだすわらべもいるらしい。

「くわしいことまでは言えねえが、御用をつとめるからくり人形は神木じゃねえと駄目なんだ」

と、同心。

「からくり人形が御用を？」

戯作者は大仰に首をかしげた。

「まあ、そこまでだ」

大河内同心がさっと手を挙げたとき、肴が出た。

切り干し大根と油揚げの炒《いた》め煮だ。

胡麻《ごま》油で香ばしく炒めてから含め煮にすると、もってこいの酒の肴になる。

「ごまかしの利かねえ料理だな」

同心が味わうなり笑みを浮かべた。

「そう言えば、今日のわん市では蔵臼先生の引札が配られているとか」

おみねが言った。

「千鳥屋の出見世びらきの引札ですからな。ちと気を入れてつくりました」

総髪の戯作者はそう言って、炒め煮に箸を伸ばした。

この御仁、僧でもないのに生《しょう》のものは鮪《まぐろ》の赤身しか食べない。あとはもっぱら野菜ばかりだというのだからよほど変わっている。風貌は犬でも食べそうな雰囲気なのだが。

「いまごろは、若おかみが気張って引札を配ってるでしょう」

おみねが笑みを浮かべた。

「出見世びらきはいつごろだい？」

同心がたずねた。

「二十日でございます」

戯作者が芝居がかった調子で答えた。

「なら、あとちょっとだな。そのうち覗《のぞ》いてこよう」

大河内同心はそう言ってまた箸を動かした。

五

同じころ――。

愛宕権現《あたごごんげん》裏の光輪寺では、わん市が催されていた。

鎌倉《かまくら》時代に彫られたと言われる秘仏の千手観音の御開帳に合わせて、おおよそ季節ごとの初午の日に催される。大黒屋に美濃屋に千鳥屋、椀づくりに竹細工に盆や竹箸まで、とりどりの品がそろう。御開帳が行われる本堂の続きの間に品が並んでいるから、お参りのあとに品定めをする客も多かった。

「まあ、涼やかなお皿ね」

どこぞの大おかみか、品のいい媼《おうな》が千鳥屋の品の前で足を止めた。

「いかがでしょうか。お安くなっております」

おまきが如才なくすすめた。

「そうねえ。ただ、今日は買い物ができないので」

媼がやんわりと断る。

「さようですか。では、近々出見世を出しますので……」

ここでうしろに控えていた幸吉が「どうぞお持ちください」と刷り物を配った。

「あ、宇田川橋なの。あのあたりには知り合いが住んでいるから」

目を通した媼が言った。

「二十日からやっておりますので、どうぞお立ち寄りくださいまし」

おまきはていねいに頭を下げた。

そんな調子で、用意した刷り物は残りがだんだん乏しくなってきた。

こんな文面だ。

ちひさくとも品数あまた
見世の**ど**の品も絶品佳品

美しい品ばか**り**そろふた
見世のいづこも絶景**や**な
ぎやまん唐物**ち**ぢに揃ふ
江戸の**ど**こにも負けない
りりしき出見世遂に開く
ちどり**や**宇田川橋右入る

「ちどりや」という文字が千鳥足で歩くという凝った趣向だ。

その隣にはぎやまんの器の画《え》が入り、「二月二十日見世びらき」と最後に日付が示されている。なかなかによくできた刷り物だ。

すでに普請は終わり、のれんも染め上がっている。あとは前の日に品を運び入れ、見やすく並べれば終いだ。

「あともう少しだね」

客の波が引いたあと、幸吉が言った。

「そうね。今日売り子をやったから、肝が据わったかも」

おまきが帯を軽くたたいた。

「いちばん声が出ていたよ」

隠居したばかりの幸之助が目を細める。

「売り上げもいちばんじゃないかな」

いくらか離れたところから、大黒屋の七兵衛が声をかけた。

「では、この調子で」

おまきが笑みを浮かべた。

「気張っていこう」

若あるじの顔で、幸吉が答えた。

第三章　見世びらき

一

わん市からいくらか経《た》った日――。

二幕目のわん屋の一枚板の席に、大河内鍋之助同心の顔があった。

呑みものは酒ではなく茶だった。つとめの途中で立ち寄り、これから遅い昼飯を食べるところだ。

「賊をほめちゃいけねえが、水際立った押し込みだったぜ」

大河内同心はそう言って苦そうに茶を呑んだ。

「南茅場町《みなみかやばちょう》の伊丹屋《いたみや》といえば、なかなかの大店《おおだな》ですからな」

相席になった柿崎隼人《かきざきはやと》が言った。

近くの道場で師範代をつとめる武家だ。折にふれて門人をつれて来てくれるから、わん屋にはありがたい客だった。

「川柳になかったですか？」

柿崎隼人に燗酒のお代わりを運んできたおみねが問うた。武家は寒鰤《かんぶり》の照り焼きを肴に呑んでいる。

「『下り酒伊丹の酒で痛み入る』だな」

同心がさらりと言った。

「その柳句《りゅうく》は伊丹屋の引札にも入っていた」

隼人も言う。

「そんな大店なら、備えはしていたでしょうに」

手を動かしながら、真造が軽く首をかしげた。

「用心棒まで雇って万全を期していたつもりだった。さりながら、どうやらその用心棒が盗賊の引き込み役だったらしい」

大河内同心の端整な顔がゆがんだ。

「そりゃあ、人を見る目がなかったな」

隼人がそう言って、猪口の酒を呑み干した。

ここで同心に膳が出た。

甲州《こうしゅう》名物のほうとうに飯がついた膳だ。このところのわん屋では日替わりで関八州の麺を打っている。

「おお、こりゃあったまりそうだ」

同心はさっそく箸をとった。

「甲州は味噌《みそ》仕立てなのだな？」

隼人がたずねた。

「さようです。武州のほうとうは醬油《しょうゆ》仕立てなのですが」

真造は答えた。

「人が食っているのを見ると、おのれも食いたくなるな」

道場の師範代は笑みを浮かべた。

「では、おつくりします」

真造はすぐさま言った。

「人参に葱《ねぎ》に南瓜《かぼちゃ》に里芋に油揚げ、具だくさんでうまいな。麺ももちもちだ」

同心は満足げに言って、また箸を動かした。

「それで、押し込みの手がかりなどは？」

同心がほうとうを食べ終えたところで、おみねがたずねた。

「おう、いま動きだしたところなんだが……」

大河内同心は座り直して続けた。

「賊は大胆にも、判じ物みてえなものを押し込みの場に残しやがった」

「判じ物みたいなものを？」

と、おみね。

「伊丹屋の襖《ふすま》に、こう書いてあったんだ」

同心はふところから紙を取り出した。

隼人と真造が身を乗り出す。

　正月の初めごろから
　三月の初めごろまで

「はて、何のことかのう？」

隼人は無精髭《ぶしょうひげ》の生えたあごに手をやった。

「これをわざわざ襖に」

真造もいぶかしげな顔つきになった。

「大河内さまはお分かりに?」

おみねが問うた。

「いや、まだ見当もつかねえ」

同心は苦笑いを浮かべて茶を呑んだ。

ちょうど座敷では円造がからくり人形の円太郎《えんたろう》を動かして遊んでいた。先だって、手荒に扱って壊れかけたのだが、どうにか旧に復し、茶運びができるようになった。おもかげ堂が誕生祝いにつくってくれた愛らしい人形だ。

「ただ、あれをやろうかと思ってな。襖紙を切り取ってあるから」

大河内同心は声をひそめた。

「ははあ、あれですね」

おみねが呑みこんだ顔つきで言った。

「あれとは何だ?」

隼人が問う。

「まあ、そのあたりは門外不出の秘中の秘で」

同心はそう答えてはぐらかした。

あれ、の示すところは、おもかげ堂のからくり人形を使った咎人《とがにん》の尾行だった。

神木でつくられたからくり人形は、咎人の臭跡（しゅうせき）を追ってねぐらを探ることができる。怪しいものを追う力には目を瞠《みは》るものがあった。

おもかげ堂のあるじの磯松《いそまつ》と妹の玖美《くみ》は、古い木地師《きじし》の血を継いでいる。ゆえに、常人には使えぬ技を使うことができるのだった。

ただし、からくり人形の常ならぬ能力は永続するわけではない。いまの人形には若干の陰りが見えてきたから、次の人形を準備すべく、千之助に神木探しを依頼したという経緯だった。

「うまくいくといいですねえ」

おみねが言った。

「伊丹屋では人死にが出ちまったから、恨みを晴らしてやらねえとな」

大河内同心の声に力がこもった。

二

大河内同心と柿崎隼人が帰ったあと、一枚板の席には大黒屋の隠居の七兵衛と手代の巳之吉が座った。小上がりの座敷では大工衆が呑んでいる。大きな普請が終わったようで、みな上機嫌だ。

「近くに用があったんで、千鳥屋さんの出見世を見てきたよ」

七兵衛が言った。

「さようですか。いかがでしたか？」

おみねがたずねた。

「なかなかの構えだね。本店にも引けを取らないから、さぞや繁盛するだろう」

隠居は笑みを浮かべた。

「鍋がそろそろねえぜ」

「湯豆腐の代わりをくんな」

大工衆から声が飛んだ。

「はい、ただいま」

おみねがただちに動く。

座敷の奥まったところには囲炉裏《いろり》がある。冬場は火にかけた鍋料理が大の人気だ。

いま出ているのは湯豆腐鍋だ。豆腐と葱と昆布が入っているだけの簡明な鍋だが、寒い時分はこれにかぎる。

「湯豆腐か。いいねえ」

隠居が言った。

「煮奴《にやっこ》もできますが、いかがいたしましょう」

真造が問う。

「うーん、湯豆腐でいこうか」

少し迷ってから、七兵衛は答えた。

「承知しました。味噌だれと醬油だれ、二種がございますが、どちらにいたしましょう」

真造はさらに問うた。

「おまえはどちらがいいかい？」

隠居は温顔で手代にたずねた。

「できれば、味噌だれで」

巳之吉は臆せず答えた。

「なら、そうしよう」

「承知しました。味噌だれといえば、風呂吹き大根もお出しできますが」

真造がすすめる。

「ああ、それもいいね。おくれでないか」

七兵衛は笑みを浮かべた。

大黒屋の主従が湯豆腐鍋と風呂吹き大根に舌鼓を打っていると、的屋の跡取り息子の大助があわただしく入ってきた。

「あの、お客さんの夕餉のお膳を」

やや要領を得ない口調で言う。

「いくたり分か先に言わないとつくれないよ」

七兵衛がやんわりとたしなめた。

「あ、はい、二人分で」

大助は指を二本出した。

旅籠の的屋には夕餉の出前をしたり、弁当をつくったりしている。いままでは看板娘のおまきが伝えに来ていたのだが、嫁に行ったあとはまだ頼りない跡取り息子のつとめだ。

「どういうお客さんだい？　好き嫌いや歯の具合などはあるかい？」

真造がたずねた。

「親子で、お父さんのほうが足が疲れたと言って」

大助が答える。

「好き嫌いはあるの？　何かご所望は？」

おみねが見かねて口を出した。

「んーと……じゃあ、訊いてきます」

大助はそう答えて引き返していった。

「まだまだだねえ」

その背を見送ってから、隠居が苦笑いを浮かべた。

ややあって、おさだも一緒に戻ってきた。

「相済みません。この子の要領が悪くて」

旅籠のおかみがわびる。

大助もぺこりと頭を下げた。

「あったかいものをご所望で。お父様のほうはいくらか歯が悪いので、麺などのほうがよろしかろうと」

おさだは要領よく伝えた。

「では、ほうとうをやわらかめでおつくりしましょう」

真造が打てば響くように答えた。

「学びになるね」

隠居が大助に言った。

「はい……姉ちゃんみたいにうまく口が回らなくて」

跡取り息子が鬢に手をやった。

「口が回らなくても、勘どころさえ押さえればいいんだから」

母が教える。

「おまきちゃん、いまごろは見世びらきの支度で大変かしら」

おみねが言った。

「そうですねえ。できれば見世びらきに行ってやりたいところなんですけど、なにぶん旅籠があるもので」

おさだは残念そうに言った。

「わたしは暇だから行くよ。わん屋さんもどうだい」

七兵衛が水を向けた。

「円造をつれていったら、ぎやまんのあきない物を割るかもしれないので」

おみねが言った。

「はは、それもそうだね。あるじはどうだい」

隠居がなおも言う。

「ちょうど二十日ですから、休みにしてもいいかもしれませんね」

ほうとうの支度をしながら、真造が答えた。

わん屋の休みはおおむね月に二、三日だ。日が決まったらあらかじめ貼り紙を出して客に知らせる。

「なら、おまえさんだけ行ってきて」

おみねが言った。

「分かった。あちらのほうでいろいろ舌だめしをしたい見世もあるからな」

真造が答える。

「なら、べつべつに行けばいいね」

大黒屋の隠居が言った。

「はい、そうさせていただきます」

真造は笑みを浮かべた。

「では、ほうとうはこの子に」

おさだが大助を指さした。

「承知で。温石《おんじゃく》入りの倹飩箱《けんどんばこ》にしますので」

真造が言った。

「つまずいてひっくり返したりしないように」

おさだが跡取り息子に言う。

「大丈夫だよ」

大助がいくぶん不服そうに答えたから、わん屋にそこはかとない和気が漂った。

三

二十日になった。

わん屋のあるじの真造は、宇田川橋の手前にある千鳥屋の出見世へ向かった。手土産《てみやげ》は風月堂音次《ふうげつどうおとじ》の松葉《まつば》だ。松葉をかたどった香ばしい焼き菓子で、わりかた日保《ひも》ちもする。

街道筋を品川《しながわ》のほうへ向かった真造は、芝口橋《しばぐちばし》の手前で右に折れた。評判を聞いていた南大坂町《みなみおおさかちょう》の富屋《とみや》という蕎麦《そば》屋に入る。

ここの名物は花海老天蕎麦だ。大ぶりの海老天は衣に花が咲いたようになっている。鍋の端のほうへ海老天を寄せ、太めの菜箸で衣を散らせば、花が咲いたような仕上がりになる。

食してみると、衣へのつゆのしみ方が絶妙で、揚げ加減にも申し分がなかった。蕎麦もいい。切り方がうまいのか、蕎麦の角《かど》が立っており、えも言われぬのど越しになる。

満足して富屋を出た真造は、芝口橋ではなく難波橋《なんばばし》を渡り、日比谷稲荷《ひびやいなり》の前で手を合わせてから日蔭町《ひかげちょう》に入った。

一万坪を超える仙台《せんだい》藩の中屋敷の裏手で、あまり日が差さないところからその名がついた。何がなしに陰気な町だが、家並みは立てこんでいる。

大福餅はいらんかねー
大福餅はあったかい……

振り売りの声もいささか陰にこもっている。

頬被《ほおかむ》りをした大福餅売りとすれ違った真造は、しばらく進んだところでふと足を止めた。

（おや、こんなところに見世が……）

路地に入る角《かど》のところに、小体《こてい》な見世があった。赤い提灯《ちょうちん》が控えめに吊《つ》るされているが、人の気配はない。

(もっと遅くから始める呑み屋かもしれない)

真造はそう察しをつけた。

提灯には小さな字で見世の名が記されていた。

それは、こう読み取ることができた。

かどや

四

千鳥格子模様ののれんに「千」「鳥」「屋」と染め抜かれている。名の通った書家に頼んだらしく、風格のある文字だ。

「あ、いらっしゃいまし」

真造がのれんを分けて見世に入ると、若おかみのおまきの声が響いた。

「いらっしゃいまし」

あるじの幸吉も笑顔で言う。

まだ木の香りが漂う清《すが》しい見世だ。小物から茶道具まで、ぎやまん唐物がとりどりに並んでいる。壁際には目もあやな更紗《さらさ》の着物が飾られているから華やかだ。

「このたびはおめでたく存じます。これはつまらぬものですが」

真造は手土産を差し出した。

「まあ、お気遣い、ありがたく存じます」

おまきはていねいに頭を下げて受け取った。

この如才のなさならまず大丈夫だ。真造はひとまず安心した。

見世にはいくたりか客の姿があった。

「こういう品はおおむね長崎わたりかい？」

光沢のある結城紬《ゆうきつむぎ》の着物をまとった男がたずねた。

供の者を二人もつれているから、どこぞの大店のあるじかもしれない。

「さようでございます。手前どもは曾《そう》祖父の代から唐物商を営んでおりまして、長崎につてがございますので」

幸吉がよどみなく答えた。

「では、品を見させてもらうよ。わん屋で使うものを、見世びらきの祝いに買わせてもらうから」

真造は声を落としておまきに告げた。

「どうぞごゆっくり」

若おかみは笑みを浮かべた。

結城紬の客はなおも幸吉と話をしていた。

「なら、長崎へ行ったりすることもあるのかい」

「手前はまだございませんが、本店のあるじの父や番頭はあきないで出かけたことがございます」

幸吉が答えた。

「だったら、そのうち行かないとね」

「はい。楽しみにしております」

幸吉は歯切れよく答えた。

「ところで、ぎやまんというのは何語だい？」

客がたずねた。

「阿蘭陀《おらんだ》語だと聞いております。ぎやまんという宝石を使って硝子を加工するところからその名がついたそうで」

オランダ語のディヤマント、すなわちダイヤモンドのことだ。

「へえ、そうなのかい。学びになったねえ」

客は満足げに言った。

真造は品をあらためていた。

唐物の茶道具などは関わりがないし、あまり麗々しい盆などもわん屋には不似合いだ。

さりながら、ぎやまん物には目移りがした。どれもそれなりの値《あたい》だからむやみに買うことはできないが、祝いごとなどで出す上等の酒は切子細工のぎやまん物が映えるだろう。

大皿もいい。縁起物の鶴と亀をあしらった円い皿はことに気に入った。祝いごとの刺身を盛ればさぞや引き立つに違いない。

「この盃はいいねえ」

結城紬の男が言った。

「それは江戸切子でございます」

幸吉がすかさず言った。

「ほう、江戸の職人がつくったのか」

「さようでございます。名人のほまれの高い職人さんでございまして」

「青い色硝子《がらす》はなかなかにむずかしいそうです」

おまきもうまく言葉を補った。

「なら、気に入ったからこれをいただこう」

客は満足げに言った。

「今晩からお酒が進みますね、旦那さま」

お付きの者が言った。

「はは、呑みすぎないようにしないとね」

大店のあるじとおぼしい客は笑みを浮かべた。

おまきが品をていねいに油紙で包む。

「大事にお持ちくださいまし。巾着や袋なども扱っておりますが」

おまきが身ぶりをまじえて言った。

「あきないがうまいね。供の者に持たせるから」

客はやんわりと断った。

代金の受け取りから見送りまで、若夫婦の客あしらいには一分《いちぶ》の隙もなかった。

これなら本店に負けず劣らずの繁盛ぶりになるだろう。

「毎度ありがたく存じました」

去っていく客の背に向かって、おまきが笑顔でいい声を響かせた。

それを聞いて、真造も笑みを浮かべた。

五

「おや、先を越されたね」

ほどなく、大黒屋の隠居が姿を現した。

「目移りがして決めかねているんですよ」

真造が言った。

「そうかい。見世びらきの祝いだから、わたしもいくつか買わせてもらうよ」

七兵衛は若夫婦に向かって言った。

「ありがたく存じます」

「助かります」

おまきと幸吉の声がそろう。

そうこうしているあいだにも、また客が入ってきた。

「上等の品ばかりだな」

「おれらにゃ似合わねえぜ」

どこぞの職人とおぼしい二人組が言う。

「贈り物などにいかがでしょうか。ぎやまんの簪《かんざし》などもございますので」

おまきがすすめる。

「そういう相手がいりゃあいいんだがよ」

「相手ができたら来るぜ。邪魔したな」

二人組はすぐ去っていった。

「ありがたく存じました」

そんな客にも、幸吉とおまきは礼の言葉をかけた。

「うん、それでいいよ。お客さまには分け隔てなく声をかけなきゃね」

七兵衛は、半ばはお付きの巳之吉に向かって言った。

「学びになります」

手代は殊勝な顔つきで答えた。

なおしばらく品を見てから、真造は買うものを決めた。

やはり、あの大皿だ。

「これにするよ」

ぎやまんの大皿を指さすと、ただちに幸吉が立ち上がって歩み寄った。

「ありがたく存じます。いまお包みします。手提げ袋もご用意いたしますので」

幸吉は両手で慎重に大皿を持ち上げた。

「こりゃいい品だね」

隠居が目を細める。

「刺身を盛ろうと思いまして。鯛の活けづくりなども良さそうです」

真造は笑みを浮かべた。

油紙を重ねたうえで紐《ひも》で結わえ、ぎやまんの大皿は慎重に包まれた。さらに、千鳥模様が鮮やかな布の手提げ袋に入れて客に渡される。

「お待たせいたしました。気をつけてお持ちくださいまし」

支払いを済ませた真造に、幸吉がうやうやしく手提げ袋を差し出した。

「その袋も代金に入ってるのかい？」

大黒屋の隠居が問うた。

「いえ、大きなお買い物をされた方には差し上げております」

おまきがほほ笑んだ。

「そりゃ豪儀だね」

七兵衛の顔に驚きの色が浮かんだ。

「持ち歩いていただければ、手前どもの引札になりますので」

幸吉が手提げ袋を指さした。

宇田川ばし
ぎやまん唐物
千鳥屋

手提げ袋は抜かりなくそう染め抜かれている。千鳥模様もあいまって、おのずと目を引く。なるほど、いい引札になりそうだ。

「考えたね。なら、すれ違う人に見せながら持って帰るよ」

真造は手提げ袋を少しかざしてみせた。

「恐れ入ります」

「本当にありがたく存じました」

若夫婦の気持ちのいい声がまた響いた。

第四章　角の見世

一

「ぎやまんの箸置きもいいものだね。買ってよかったよ」

大黒屋の隠居が言った。

翌《あく》る日のわん屋の二幕目だ。同じ一枚板の席には、次兄の真次と親方の太平が陣取っている。

「おまえは何を買ったんだ?」

真次が訊いた。

「ぎやまんの大皿で。そのうち祝いごとで使おうかと」

真造が答えた。

「うちの椀よりずっと映えるだろうからな」

太平が言う。

「木目のきれいな椀には椀の美しさがありますから」

おみねが言った。

「いや、ぎやまんには勝てねえよ」

椀づくりの親方は苦笑いを浮かべた。

「まあ何にせよ、あの調子なら千鳥屋の出見世は大丈夫だね」

七兵衛が請け合った。

「的屋さんに告げたら、みなほっとしていました」

真造は笑みを浮かべて肴を出した。

里芋と烏賊《いか》の煮物だ。里芋と烏賊は煮え方が違う。そのあたりを思案して、いったん烏賊を取り出してから里芋をじっくり煮る。それから烏賊を戻せば、ちょうどいい仕上がりになる。

「これは美濃屋さんの碗が合うね」

大黒屋の隠居が言った。

「おいしゅうございます」

手代の巳之吉が笑顔で言った。

座敷のほうでは、なじみの左官衆が円造を遊ばせてくれていた。這《は》い這《は》いがずいぶん上手になってきたから、機嫌よく手を動かしている。

「おお、うめえうめえ」

「明日にゃ立ってしゃべりそうだな」

「んなわけねえだろ」

炭に火が入った囲炉裏の席で煮奴の大きな鍋を囲みながら、そろいの半纏《はんてん》の左官衆がさえずる。

豆腐と長葱をだしで煮ただけの鍋だが、これに熱燗があれば、体を芯からあたためてくれる。

ほどなく、また一人、客が入ってきた。

「あ、いらっしゃいまし、旦那」

おみねが声をかけた。

「おう」

鷹揚《おうよう》に右手を挙げたのは、大河内鍋之助同心だった。

二

「いやあ、しくじっちまってな」

大河内同心はそう言って猪口の酒を呑み干した。

「つとめをしくじられたんで？」

真造が驚いて問うた。

「いや、詳しいことは言えねえが……」

ほかの一枚板の客をちらりと見てから、同心は続けた。

「おの付く手下の尾行がうまくいかなくてな。下り酒問屋の押し込みの咎人が藪《やぶ》に入りそうな雲行きなんだ」

わん屋の二人だけに通じるように、同心は伝えた。

「おの付く手下」で察しがつく。どうやらおもかげ堂のからくり人形による尾行がうまくいかなかったらしい。

「と申しますと？」

真造が声を落としてたずねた。

「まあ、そのあたりは……」

同心は言いよどんだ。

ちらりと相席の客の顔を見る。おもかげ尾行は秘中の秘だし、そもそもにわかには信じがたい。

「座敷が空いてるから移るか」

椀づくりの親方がそれと察して、身ぶりをまじえて言った。

「そうですね。こっちも椀づくりの話をじっくり」

真次が徳利を持って腰を上げる。

「悪いね、兄さん」

真造が言う。

「なんの」

真次は軽く右手を挙げた。

「では、われわれも油を売ってないで得意先廻りだね」

隠居も気を利かせて言った。

「承知しました」

お付きの手代が答える。

「悪いな、ご隠居」

同心が短くわびた。

そんな按配で、一枚板の席はほどなく大河内同心だけになった。

「何か渋い肴をくんな」

同心が所望した。

「渋いかどうかは分かりませんが、ちょうどできましたので」

そう言って真造が出したのは、じゃこのおかか和《あ》えだった。

からからに炒《い》ったおかかとじゃこを和え、醤油をかけて小口切りの長葱を散らす。簡明だがうまい肴だ。

「おう、こりゃ渋くていいぜ」

同心は笑みを浮かべた。

「で、しくじりはどういういきさつで」

真造が小声でたずねた。

「おもかげ堂の磯松もいささかしょげてたな。早く千之助が神木を持って帰ってくりゃいいんだが」

同心はそう言ってまた猪口の酒を呑み干した。

まだつとめがあるから、熱燗を一本だけだ。

「途中で止まってしまったりしたんでしょうか」

真造がなおも問う。

「まあ、当たらずといえども遠からずだ」

肴を少し口中に投じてから、同心は続けた。

座敷のほうで泣き声が響いた。

円造が囲炉裏のほうへ這い這いを始めたから客があわてて止めたところ、急にぐずりだしたようだ。

「いい子ね、危ないからね」

おみねが駆けつけてあやす。

「で、初めは首尾良く盗賊のねぐらを見つけたと思ったんだ。ある見世の前で止まったからよ」

同心は言った。

「それが見当違いだったわけですか」

と、真造。

「おう」

大河内同心は短く答えてから続けた。

「入ってみたんだが、妙に中が暗くてよ、影の薄い夫婦が切り盛りしてる呑み屋だった。客にも悪そうなやつはいなかった。そのあたりは勘で分かるからな」

同心が首をひねる。

「ただの呑み屋だったわけですか」

真造が訊く。

「ちいと陰はあったがよ。少なくとも盗賊のねぐらにゃ見えなかった。磯松にからくり人形を持たせて、しばらく様子を探ってたんだが、こりゃしくじりだと思わざるをえなかった」

大河内同心はまた苦々しげに言った。

「その見世はどのあたりです？」

ふと気になって、真造はたずねた。

「芝のほうへ向かってたんだ。一つ通りを内に入った日蔭町でよ」

同心は答えた。

「日蔭町？」

真造の脳裏に、だしぬけに浮かんだものがあった。

それは、あの赤い提灯だった。

三

次の休みの日――。

真造は一人で芝のほうへ向かった。

大河内同心に場所をたしかめたところ、あの「かどや」という見世に相違なかった。これも何かの縁だ。あるいは、見えざる導きの手によるものかもしれない。

真造はそう考え、かどやへ行ってみることにした。

話によると、かどやは日が暮れてからあきないを始めるらしい。油代がかかるだろうにいささか腑《ふ》に落ちないが、その後念のためにまた調べてきた同心の話によればそういう話だった。

かどやの前に、真造は千鳥屋の出見世に立ち寄った。おみねからぎやまんの簪を頼まれたのだ。

見世には隠居の幸之助の姿もあった。客も入っていて活気がある。幸吉とおまき、若夫婦の表情も明るかった。

「本店よりあきないになっている日もあるくらいですよ」

隠居はえびす顔だ。

「それは何よりです。今日は女房から簪を頼まれまして」

真造が言った。

「さようですか。こちらにいろいろそろっておりますので」

おまきが如才なく案内した。

しっかりしたぎやまんの棒に、金銀の短冊《たんざく》や南天の実をかたどった赤い玉などが付いている。あまり年増向きではなさそうだが、おみねの代わりに選ばねばならない。

「あまり派手なのはどうかな」

あれこれとあらためながら、真造は言った。

「それでしたら、まだ職人さんから届いたばかりの品がございますよ」

幸吉が声をかけた。

「では、見せていただきましょう」

真造は答えた。

出見世の若あるじが奥から持ってきたのは、ぎやまんの棒に三枚の木の葉が付

う。
ほかの簪は、娘どころか花魁《おいらん》が挿しそうなものだったが、これなら大丈夫だろ
いた簪だった。

「ああ、これはなかなか良さそうだね。おみねは三峯大権現の血筋だから、三と
も縁があるから」

真造は笑みを浮かべた。

「さようでしたか。では、このお品で」

幸吉も笑顔で言う。

「ああ、お願いするよ」

値を聞いたら思ったより高かったが、致し方ない。平生は円造の世話とわん屋
の切り盛りで苦労しているおみねへの贈り物だ。ここは奮発することにした。

「では、お包みします」

おまきが言った。

「毎度ありがたく存じます」

幸吉がていねいに頭を下げた。

次男のあきないぶりを見ていた幸之助は、目を細くして小さくうなずいた。

四

かどやの提灯にはなかなか灯が入らなかった。日蔭町の通りを、真造はいくたびも行きつ戻りつした。

ことによると休みかとも思ったが、空が暗くなるにしたがって、見世からはだしのいい香りが漂ってきた。煮魚などをつくっているようだ。

なおも時をつぶしているうち、あたりはすっかり暗くなった。

(やっと見世びらきか……)

真造は足を速めた。

あるじとおぼしい男が、提灯に灯を入れるところだった。

風がだんだん冷たくなってきた。

真造は赤提灯に「かどや」と小さく記された角の見世に入った。

「……いらっしゃいまし」

あるじの控えめな声が響いた。

間口は狭いが、存外に奥行きがあった。小上がりの座敷などはない。土間が続く奥のほうには茣蓙《ござ》が敷かれ、厨の前に一枚板が据えられていた。

ただし、わん屋のように前に長床几《しょうぎ》は置かれていない。そこに酒器や皿を置き、立って呑み食いをするようだ。

奥のほうには女が二人立っていた。感じが似ているから親子だろう。

「……いらっしゃいまし」

おかみが小声で言った。

いちばん奥の暗がりに、娘が立っていた。口は開かず、ゆっくりと頭を下げる。妙に儚《はかな》げなしぐさだった。

「燗酒を一本」

真造は指を一本立てた。

「承知しました」

おかみが答えた。

「肴は何ができる？」

真造はたずねた。

「鰈《かれい》の煮付けがございます」

今度はあるじが答えた。

「では、それをもらおう」

真造は言った。

いたって静かな見世だった。おかみも娘も語りかけない。ただ黙々と手を動かしている。

大河内同心の当惑ぶりが分かったような気がした。

この見世が盗賊のねぐらでなどあろうはずがない。同心の話では、常連に悪者はいそうにないということだった。そういった邪気は、いささかも感じられない。

さりながら……。

うまくは言えないが、何か常ならざる気のごときものを真造は感じていた。少なくとも、同じ呑み屋でもわん屋とは明らかに違う。

「お待たせいたしました」

あるじが鰈の煮付けの皿を差し出した。

おかみが燗酒の銚釐《ちろり》を、娘が猪口を一枚板の上に置く。

かたり、と寂しい音が響いた。

「どうぞ」

おかみが酒をつぐ。

引っ込み思案なのかどうか、娘は奥に立ったまま動こうとしなかった。

煮付けは上品な味だった。味つけは濃からず薄からず、生姜《しょうが》もよく効いている。こういう煮物にはつくり手の人柄が出るものだが、ここでも邪気らしきものはまったく感じられなかった。

「この見世は長いのかい」

真造はたずねた。

「七年ほどで」

おかみは答えた。

「娘さんはずっとここで手伝いを？」

真造はさらに訊いた。

「……はい」

娘はかぼそい声で答えた。

よく見ると、目鼻立ちの整ったなかなかの小町娘だった。なのに、灯の近くには寄ろうとしない。

ここで客が二人入ってきた。

「いらっしゃい」

あるじが声をかけた。

「おう、冷えるな」

年かさの男が言った。

どうやら常連客らしい。何かの親方だろうか、そろいの作務衣《さむえ》をまとった弟子とおぼしい若い男をつれていた。

「隣ですまんな」

後から来た客が真造に声をかけ、一枚板の奥のほうへ進んだ。

「なんの。通りかかったら赤提灯が見えたので」

真造は方便をまじえて答えた。

若い男はいちばん奥に入り、娘の前に立った。

影の薄い娘がほほ笑む。

「こちらはご常連で？」

今度は真造がたずねた。

「なに、あるじの伯父《おじ》でな。身内のよしみもあってちょくちょく通ってるんだ。おめえさんは？」

そう問い返す。

「通油町でわん屋という呑み食い処をいとなんでおります。今日は休みで、ちょいとそこの知り合いの見世をたずねがてら、ほうぼうで舌だめしをしようという腹づもりで立ち寄った次第で」

真造はよどみなく答えた。

「そうかい。通油町だったら、布きれの問屋が近《ちけ》えから、しょっちゅう行ってるぜ」

あるじの伯父が言った。

「布きれでございますか」

と、真造。

「つまみかんざしの職人でな」

そう言って、客は奥の娘のほうを指さした。

いままで気づかなかったが、娘の髷に白い鶴をかたどったつまみかんざしが挿されていた。ひどく儚げな鶴だ。

「さようですか。脇道でいくらか分かりにくいところなのですが、的屋さんという旅籠の近くなので」

真造は如才なく言った。

「的屋なら知ってるぜ。なら、いずれ寄らせてもらおう」

つまみかんざしの職人は笑みを浮かべた。

「囲炉裏もありますので、ぜひお立ち寄りくださいまし」

真造は笑みを返した。

「うちは舌だめしには張り合いのない見世ですが」

あるじがそう言って差し出したのは、大根の煮物だった。

何の変哲もない煮物だが、そこにも人柄が出ていた。人を押しのけて行くようなところは微塵《みじん》もない。控えめながらも、いい按配に煮えている。

「ああ、これはほっこりしますね」

大根をさくっと嚙んでから、真造は言った。

「ありがたく存じます」

おかみが控えめな礼をして酒を注いだ。

弟子とおぼしい若い男は、娘の前で呑んでいる。ときおり思い出したように短い会話をかわしているが、あまりにも声が小さすぎて聞き取ることはできなかった。

声高な話は似合わない。落ち着いて呑む隠れ処《が》のような見世だ。

いずれにしても、ここが盗賊のねぐらでなどあろうはずがなかった。見世の者にも客にも邪気はいささかも感じられない。

にもかかわらず、この角の見世にそこはかとなく漂う妙な感じを、真造は拭い去ることができなかった。

何かが違う……。

酒を呑み、肴をつつくにつれて、そのいわく言いがたい常ならぬ感じはなおも募っていった。

真造は大きめの猪口を一枚板の上に置いた。かすかな灯《あか》りを受けて、青白い釉《うわ》薬《ぐすり》の色がかろうじて見えた。

真造の脳裏に、だしぬけにある案が浮かんだ。それはただちに頭の深いところに根を下ろした。

「ほうぼうの見世の猪口や盃を集めているんだがね。これを買わせてもらうわけにはいかないだろうか」

真造は猪口を指さした。

「とくにどうということのない品ですが」

あるじは少し当惑したように言った。

「それがいいんだよ」

真造は笑みを浮かべた。

「見世にたくさん飾ってあったりするのかい」

あるじの伯父が問うた。

「たくさんと言うほどではないんですが」

真造は答えた。

わん屋の一枚板の席から見えるところに棚があり、酒器をとりどりに飾ってある。美濃屋の陶器や千鳥屋のぎやまん物など、飾ってあるものから客は好みの品を指さして用いることができた。

「では、お代にいくらか上増しでよろしゅうございましょうか」

あるじが申し訳なさそうに言った。

「そうしていただければ」

真造は軽く頭を下げた。

「承知しました」

あるじは控えめに答えた。

真造は奥に目をやった。

ちょうど娘が若者に酒をつぐところだった。
つまみかんざしの白い鶴が、少しだけ羽を広げたように見えた。

第五章　常ならぬもの

一

二月（旧暦）のわん講では花だよりが聞かれた。南のほうではもう桜の花が開きだしているらしい。

「今年は円坊をつれて花見に行かないのかい」

大黒屋の隠居がたずねた。

「ええ。休みにして行くつもりなんです」

おみねが答えた。

「墨堤《ぼくてい》かどこかでしょうか」

美濃屋の正作がたずねた。

「いえ、うちの人の実家の神社へと」

西ヶ原村の依那古神社だ。

「ほう、いい桜が植わってるんですか」

瀬戸物問屋のあるじが問う。

「しだれ桜がきれいなんですよ」

おみねは笑みを浮かべた。

前に花の時季に行ったことがある。今年は円造をつれてどうかと真造に水を向けたところ、二つ返事で行くことに決まった。真造のほうもそのつもりだったらしい。どうやらほかに用もあるようだ。

「なら、お弁当をつくってのんびり行けばいいよ」

七兵衛が笑みを浮かべた。

「おめえは里帰りしねえのかい」

椀づくりの親方が真次に訊いた。

「まだ修業中なので」

真次は半ば戯《ざ》れ言《ごと》めかして答えた。

「たまにゃいいぜ。だいぶ一人前になってきたからよ」

太平が笑みを浮かべた。

「なら、一緒に行くかい？」

鯛の潮汁《うしおじる》を運んできた真造が問うた。

ほれぼれするような黒い塗り椀が大きな盆の上に並んでいる。

「いや、そっちはそっちでやってくれ」

次兄は軽くいなすように答えた。

「これは器が喜んでるねえ」

潮汁を呑んだ七兵衛が感に堪えたように言った。

「鯛のあらに独活《うど》をあしらい、吸い口に木の芽、これはまた上品なお味ですね」

美濃屋のあるじも満足げに言う。

鯛は先に出した木の芽焼きも好評だった。そちらは青い瀬戸物の円皿に盛った。

木の芽をまぜたつけ醤油に鯛の身をなじませ、金串を回しながらこんがりと焼きあげるのが骨法だ。

「花見弁当には焼き鯛がねえとな」

竹細工職人の丑之助が言った。

「お弁当箱を使わせていただきますので」

おみねが如才なく言った。

「おいらの箸もな」

富松が言った。

「うちらもどこかへお花見に行く？」

妹のおちさが兄に問う。

「そうだな。墨堤あたりへ繰り出すか」

箸づくりの職人は乗り気で言った。

そんな按配で、どこへ花見に行くか、わん講の話はなおしばし続いた。

二

春のうららかな日、わん屋の前にこんな貼り紙が出た。

けふと明日
お休みさせていただきます
わん屋

「里がへりのため」と書いておけば分かりやすいが、いささか用心が悪い。銭金は巾着に入れて持ち歩くとはいえ、見世にはそれなりに値の張る器もある。用心しておくに若《し》くはない。

的屋にもよく言っておき、わん屋の二人は円造をつれて出かけた。花見弁当は寿司とおかずの二重桶で、むやみに大きくはなかった。円造は真造が抱っこしたり、おみねが背負子《しょいこ》に乗せたりして代わる代わるに運ぶ。だいぶ重くなってきたから、弁当まで重いといささか大儀だ。

朝早く出て、茶屋などで休みを入れながら、西ヶ原村の依那古神社を目指した。

「あっ、あれね」

おみねが行く手を指さした。

神社の杜《もり》の色濃い緑の一角が、ほんのりと桜色に彩られている。

「咲いてるな」

真造は白い歯を見せた。

「ほかにもお花見の人が」

おみねが言う。

同じ道を、大徳利や包みを提げた人がいくたりか歩いていた。

「さあ、着いたぞ」

真造は抱っこしたわが子に言った。

分かるわけではあるまいが、円造は機嫌良さそうな表情になった。

三

「あとでちょっと見てもらいたいものがあるんだがね」

真造は長兄の真斎に言った。

「ああ、おおよそは分かる」

依那古神社の宮司が言った。

「見なくても分かるんですか？」

おみねが目をまるくした。

「どういうものかまでは分からないがね。何かわたしに判じてもらいたいものを携えてきたことだけは察しがつくよ」

真斎は穏やかな声音で答えた。

「では、とりあえず花見を済ませてからで」

真造が言った。

「明日は早く出るのか？」

長兄が問う。

「いや、見世は明日まで休みにしたから、夕方までに帰ればいいんだ」

真造は笑みを浮かべた。

「そうか。では、ゆっくりしていってくれ。花見から戻ったら、円造ちゃんが無事育つように祈願をしよう」

邪気祓いの神社の宮司は言った。

「それはぜひよしなにお願いいたします」

おみねはていねいに頭を下げた。

ややあって、わん屋の家族は外に出た。

「あまり近いと目立つな」

丸めた茣蓙を手にした真造が言った。

神社から持ち出したものだ。いい按配に咲いているしだれ桜が美しく見えるところに茣蓙を敷き、弁当箱を広げて花見をすればいい。

「このあたりかしら」

おみねが指さした。

「そうだな。ここなら邪魔にならないだろう」

真造は茣蓙を敷いた。

依那古神社の境内には、見事な枝ぶりのしだれ桜を愛《め》でるためにわざわざ足を運んだとおぼしい人がいくたりもいた。

円造はまだ生まれて九か月だが、そろそろ下の歯が何本か生えてきた。歯が生えはじめたらお乳ばかりでなく、粥《かゆ》の上澄みなどを与える。それが当時の習いだ。いずれにしても、弁当に入るようなものを食べられるようになるのは、まだだいぶ先のことだった。

「おや、かわいいですね」

通りかかった花見の客が円造を見て言った。

「ありがたく存じます」

おみねがほほ笑む。

「女の子ですか？」

客が問うた。

「いえ、男です」

おみねがおかしそうに答えた。

からくり人形の円太郎とおとなしく遊ぶことが多いから、なるほど女の子に見えるかもしれない。

「それは失礼しました。こちらへは毎年花見で？」

なおも問う。

「この神社が実家なもので。今年は里帰りを兼ねてまいりました」

真造が笑みを浮かべて答えた。

「さようですか。事あるごとにお参りさせていただいております」

いくらか改まった口調で、花見の客は一礼した。

「それはそれは、ありがたく存じます」

真造も頭を下げた。

「ありがたく存じます」

三峯大権現の家系のおみねも和した。

次に声がかかったのは、弁当の中身についてだった。

「わあ、花が咲いてるよ」

弁当のほうを指さして、通りかかったわらべが言った。

「これ、人さまのお弁当を」

その母とおぼしい女がたしなめた。

「一つどう？」

おみねが箸でつまんだのは、細工寿司の太巻きだった。

婚礼の宴のように顔をかたどっていたりはしないが、桜の花に見立ててある。

でんぶに食紅で色をつけて細巻きにし、花びらの形にまとめるのは真造の手わざだ。

「うん、食べる」

わらべがただちに手を出した。

「おめえは遠慮がねえな」

父親が苦笑いを浮かべた。

「おいしい！」

食すなり、わらべは元気な声をあげた。

「そう、良かった」

おみねが笑みを浮かべた。

「相済まねえこって」

父がわびる。

「一つだけよ」

母がクギを刺した。

「うん」

わらべは短く答えて、寿司を胃の腑に落とした。

小鯛の木の芽焼きやだし巻き玉子など、ほかの料理も賞味しながら花見を続けていると、円造が急にぐずりだした。

「はいはい、お乳ね」

それと察して、おみねは境内の奥のほうへ向かった。

木の陰に隠れて乳をやる。

そこからもしだれ桜が見えた。風に揺れる桜の枝は、まるで命あるもののようだった。

（きれい……）

円造に乳を呑ませながら、おみねはそのさまを飽かずながめていた。

四

ひふみ、よいむなや、こともちろらね、
しきる、ゆゐつわぬ、そをたはくめか、
うおえ、にさりへて、のますあせゑほれけ……

朗々たる声が依那古神社の本殿に響いた。

大幣《おおぬさ》が振られる。

白装束に薄い白紋《はくもん》入りの紫の袴。神主の正装姿の真斎による祝詞《のりと》が終わった。

日文祓詞《ひふみのはらいことば》だ。

四十七の清音から成る簡明な祝詞で、言霊の力が伝えられる。この霊験あらたかな祝詞を、真斎は独特の三、五、七の音で言上《ごんじょう》していた。

「はい、終わったよ」

宮司はわらべに向かって言った。

祝詞が長くなるとぐずるだろうから、いちばん短くて霊力のあるものにした。

こういうこまやかな気遣いがあるから、遠くから訪れる者がいる。

「なら、お話が終わるまで、おかあと一緒に向こうでいようね」

おみねは円造をだっこして立ち上がった。

「もう少し大きくなれば八浄餅《はちじょうもち》でもあげられるんだがな」

真造が言った。

依那古神社の名物で、八方除《よ》けにちなみ、餡《あん》をへらで八つに分けてある。見ただけでありがたい形の餅だ。

餡も甘く、餅とともに食せばおのずと茶が恋しくなる。日保ちはあまりしないが、遠方から求めに来る客もいるほどの名物だった。

「そのうち大きくなって、八浄餅の売り子もできるようになるよ」

真斎は笑みを浮かべた。

そんなわけでおみねと円造が去ったあと、弟子の空斎《くうさい》が酒器を持ってきた。神社を手伝っていた末の妹の真沙が縁あっておみねの弟の文佐と夫婦になり、三峯大権現へ赴いた。依那古神社のほうは忙しいときだけ巫女の手伝いを雇い、あとは真斎と空斎だけでどうにかやりくりをしているようだ。

酢昆布やするめなどを肴に、兄弟で呑むことになった。あたりはだいぶ暗くなってきている。

すでに夕餉は済ませてあった。炊き込みご飯に焼き物に椀、筍《たけのこ》づくしの膳だった。

「では、そろそろ」

真造は盃を置いた。

「見立てだな」

真斎が居住まいを正した。

「ああ。これなんだ」

真造は巾着を開け、小ぶりの手拭いに包まれたものを取り出した。

それは、かどやの猪口だった。

「見よう」

真斎は両手でうやうやしく受け取ると、時をかけてためつすがめつした。

さらに、右の手のひらにのせ、いくたびか瞬《まばた》きをする。

最後に、ふっと息を吐いた。

「悪《あ》しきものではない、が……」

宮司は首をわずかに傾けた。

「が、何か？」

真造が先をうながす。

「常ならぬものの消息は伝わってくるな」

真斎は言った。

「常ならぬもの……」

真造は声を落とした。

「よりありていに言えば」

そう前置きしてから、依那古神社の宮司は続けた。

「世にあるべきではないものだ」

その言葉を聞いた刹那《せつな》、わん屋のあるじの脳裏に浮かんだものがあった。

それは、儚げな様子の白い鶴だった。

五

翌日、滞りなくわん屋に戻り、仕込みをしてから明日に備えた。

いささか荷にはなったが、西ヶ原からは食材も運んだ。依那古神社の夕餉に出た筍が美味だったから、わん屋でも出すことにしたのだ。

開運たけのこ御膳
　八方除け依那古神社の杜にてとれましたるたけのこ飯
　木の芽焼き　煮つけ　お椀
　三十食かぎり　四十文

わん屋の前に、そんな貼り紙が出た。

背に籠を負い、手で円造を抱っこしながらわざわざ運んできた筍だ。難儀をしたが、客の評判は上々だった。

「筍の味が深《ふけ》えな」

「どれもうめえ」

なじみの左官衆が感に堪えたように言った。

「依那古神社ってどこにあるんだい」

べつの客がたずねた。

「西ヶ原村にございます。あるじの実家の神社で」

おみねがすぐさま答えた。

「その筍なら、御利益がありそうだね」

　客は笑みを浮かべて、また箸を動かした。

　中食の筍御膳は滞りなく売り切れた。煮物は多めにつくっておいたから、二幕目にも出した。筍は天麩羅にもいい。西ヶ原村から運んできた筍はたちまちなくなってしまいそうな雲行きになってきた。

　そんな七つ下がり（午後四時過ぎ）に、大黒屋の主従がのれんをくぐってきた。あきないの帰りのようだ。隠居とはいえ、まだまだ達者に動いている。

「そうかい。神社の筍ならいただかないとね」

　七兵衛が笑みを浮かべた。

「では、天麩羅にさせていただきます」

　真造がさっそく手を動かしだした。

「そうそう、もうちょっと」

　おみねが座敷で声をかけた。

　円造が壁につかまって立ち上がろうとしている。

「お、気張ってるな」

隠居がそちらを見た。

「しっかり、円ちゃん」

手代の巳之吉も声を送った。

「ああ……惜しかったわね」

あえなく倒れた円造はわんわん泣きだした。

口じゅうを顔にして泣いてもだれかがなだめてくれる。わらべにとっては、夢のような時かもしれない。

ほどなく天麩羅が揚がった。

「さくっと揚がってるね」

さっそく天つゆに浸して口中に投じた隠居が笑みを浮かべた。

「おいしゅうございます」

巳之吉も満足げに言う。

そのとき、また二人、客が入ってきた。

ここでは初めてだが、見慣れない顔ではなかった。

真造はただちに思い出した。

わん屋に入ってきたのは、かどやの客だった。

六

「旅籠で訊いたから、すぐ分かった」

つまみかんざしづくりの親方が言った。

「ありがたく存じます」

真造が頭を下げた。

二人の客には燗酒と筍の煮物を出した。親方の名は卯《う》三郎《さぶろう》、若い弟子は信吉《しんきち》といった。つまみかんざしの元となる布切れの仕入れに来た帰りのようだ。ともに大ぶりの風呂敷包みを携えている。

「そろそろのれんを」

おみねが声をかけた。

「そうだな。しまってくれ」

真造が答えた。

わん屋は中食の膳の仕込みがあるから朝は早い。その分、二幕目は早めにしまう。

「なら、おまえは先に戻りなさい。わたしはもう少し呑んでいくから」

七兵衛がお付きの手代に声をかけた。

このあたりの気遣いも隠居ならではだ。

「承知しました。あまり過ごされぬように」

巳之吉がクギを刺す。

「はは、分かってるよ」

隠居は笑みを浮かべた。

「では、お先に上がらせていただきます」

大黒屋の手代はいそいそと腰を上げた。

「ご苦労さま」

おみねが笑顔で見送った。

つまみかんざしの親方と弟子、それに塗物問屋の隠居。わん屋の一枚板の席には三人の客が残った。

「つまみかんざしは手わざだから、ほまれの指をされていますね」

隠居が親方に言った。

「そりゃあまあ、指を動かさないことには食えませんので」

卯三郎が軽く指を鳴らした。

「まま、一杯」

七兵衛がさりげなく酒をつぐ。

「お弟子さんにも」

「恐れ入ります」

信吉が受けて、猪口の酒をくいと呑み干した。

「そろそろ火を落としますが、燗酒のお代わりはいかがいたしましょう」

その様子を見ていた真造が問うた。

「なら、もらおうか。干物か何かあるかい」

親方が問い返す。

「ございます。梅干しの茶漬けなどもお出しできますが」

真造は答えた。

「それはわたしがもらうことにしよう。ここはいい梅干しを使ってるんで、茶漬けも焼き飯もうまいんだよ」

隠居は親方に教えた。

「なら、それも食うか」

卯三郎は弟子に問うた。

「ちょっと小腹が空《す》いているので」

若者は帯に軽く手をやった。

円造は奥の部屋で寝ている。ただし、夜中に起き出してぐずることがあるから、わらべとの根競《こんくら》べのようなものだ。

鯵《あじ》の味醂《みりん》干しをこんがりと焼き、大ぶりの梅の茶漬けを出した。隠居も言ったとおり、いい仕入れ先があるから梅干しは上物が入る。

真造は話を聞きながら、間合いをうかがっていた。

「ときに、ここはふらっと見つけて入ったのかい?」

だいぶ打ち解けてきた隠居が親方に問うた。

「いや、わたしがこちらの通われているかどやという見世に入ったんです」

この機とばかりに、真造が言った。からくり尾行の件を告げると話がややこしくなるから、そこは伏せておいた。

「それで、見世のことを聞いたもんで、ついでに立ち寄った次第で」

卯三郎が七兵衛に言った。

「前にかどやで呑んだときに、ちょっと気になったことがありましてね」

真造はそう言って、おみねのほうを見た。

かどやの猪口を買って、真斎に見てもらったいきさつについては、女房に事細かに告げてあった。

おみねはさりげなくうなずいた。

「気になったことと言うと?」

親方が猪口を置いた。

「奥のほうに、影の薄い娘さんがいましたよね」

真造が言うと、若い弟子の顔にさざ波めいたものが走った。

「その様子が気になったもので、猪口を買わせていただいて、神社の宮司をつとめているわたしの兄に見てもらったんです」

真造はそう告げた。

「そうかい……」

親方は苦そうに猪口の酒を呑み干した。

いくらか重い間があった。

「で、どういう見立てだったんだい?」

隠居が口を開いた。

「兄が言うには、常ならぬものの消息が伝わってくる、と」

真造がそう答えると、若者の顔に走ったさざ波めいたものは、はっきりとした陰に変わった。

「はて、常ならぬもの……」

隠居が首をひねる。

「さらに……世にあるべきではないものだ、とも」

真造は少し言いにくそうに告げた。

「世にあるべきではないもの……」

親方は猪口を手に持ったまま、しばし考えていた。

そう独りごちて、また苦そうに酒を呑み干した。

「そうかもしれねえ」

「せっかく……」

信吉は言葉に詰まった。

「戻ってきてくれたんだ。世にあるべきものじゃねえかもしれないけど」

若者はのどの奥から絞り出すように言った。

「どういうことだい？」

隠居がいくらか身を乗り出し、温顔で問うた。

「良かったら、話してみてください」

真造も穏やかな声音で言った。

それが呼び水になった。

のれんがしまわれたわん屋で、にわかには信じがたいふしぎな話が語られた。

七

かどやのあるじは仙次《せんじ》、おかみはおうめといった。一人娘のおつうを育てながら、二人は小さい見世を切り盛りしていた。

江戸ではよくあることだが、初めの見世は火事が燃え広がったせいで焼けてしまった。仙次とおうめは歯を食いしばり、いまの場所に再びのれんを出した。角っこの見世だから、名はかどやとした。

一人娘のおつうは見世を手伝うようになった。

いくらか引っ込み思案なところはあったが、両親もむやみに口数の多いほうではない。そもそも、かどやは落ち着いて酒と肴を楽しむ見世だ。料理の筋はいいし、酒もいい下り酒を出している。見世の看板娘として、おつうは客にかわいがられていた。

おつうは十五になった。年頃になった看板娘には、末を誓い合う仲の男ができた。それが信吉だった。親方の卯三郎に連れられてかどやに通っているうち、若い二人はいつしか恋仲になった。

信吉の腕がいま少し上がり、一人前の職人になったら夫婦《めおと》になる約束ができた。おつうの望みを訊き、信吉は白い鶴のつまみかんざしをつくった。千年先までも添い遂げられるようにという思いをこめて、若い職人は懸命につくった。そのつまみかんざしを、娘は喜んで髷に飾った。

仙次とおうめも快く許した。かどやはどうあっても継がせるような見世ではない。一代かぎりで、いずれたたむことにした。

こうして、いったんはあたたかな灯りがともったかどやだったが、ここで思わぬ成り行きになってしまった。

おつうがはやり病に罹《かか》ってしまったのだ。

腕のいい医者に見せたときはもう手遅れだった。両親と恋仲の信吉に見守られながら、おつうはいともあっけなく逝ってしまった。十六まであと少しの儚い命だった。

あとに残された者の悲嘆はかぎりなかった。あまりにもつらいから、かどやはもう閉めよう。ひとたびはそう話が決まった。

だが……。

死んでしまったおつうのよすがになるものといえば、角の小さな見世だけだった。信吉もかどやがなくなるのは忍びないと言った。せめて亡き娘を偲《しの》びながら、見世の奥でしみじみと呑みたい。若い職人はそう訴えた。

おつうの両親は翻意し、またかどやののれんを出すことにした。

月命日の日には経を唱え、亡き娘を偲ぶことにした。つまみかんざしづくりの若い職人は、かどやへ必ず足を運んだ。

そして……。

常ならぬことが起きたのだ。

八

「初めは夢でも見てるのかと思いました」

と、信吉は言った。

「おれも、酔いがまわったせいだと」

卯三郎が渋く笑う。

「驚いたねえ。この歳《とし》になるまで、そんな話は初めてだよ」

大黒屋の隠居の顔には、まだ驚きの色が浮かんでいた。

「そんなことがあるんですね」

おみねも目をまるくして言った。

「娘さんが戻ってくるのは、月命日だけですか？」

真造が問うた。

「そうです」

信吉はうなずいた。

「あるじはたまたま月命日にかどやへ来たんだよ」

親方が言う。

「そうでしたか」

息を含む声で、真造は言った。

「ふしぎな話があるもんだね」

七兵衛はそう言うと、思い出したように猪口の酒を呑み干した。

「毎月、今日は来なかったらどうしようかと案じながらかどやへ足を運んでいるんですが、いまのところは必ず」

若い職人はそう言って、わずかにほおをゆるめた。

なかなかに忘れがたい笑みだった。

「どういう話をなさってるんです？」

おみねがそう問うて、酒をついだ。

「もっぱら、おいらの仕事の話です。どんなものをつくった、次はこんなものをつくるといった話を、おつうちゃんは静かに聞いてくれます。たとえつくったとしても、あげることはできないんですが」

信吉は寂しそうに言った。

「実《じつ》のあるものを向こうへ持ち帰るわけにはいかないいんだね」

七兵衛が言った。

「そのとおりです。ですから、いつも同じ鶴のつまみかんざしを」

信吉は髷に手をやった。

「向こうの話を聞いたりは？」

おみねがなおもたずねた。

「それはしゃべっちゃいけねえそうで」

親方が代わりに答えた。

「なら、許しは得ているわけですか」

真造が言った。

「どうやらそうらしいです。ですから……」

信吉は少し間を置いてから続けた。

「『世にあるべきではないもの』かもしれませんが、この世の片隅の目立たないところに置いてやっていただきたいんです。月に一日だけ、日のくれがたに姿を現すだけなんです。何も悪さはしません。お酒をついで、静かにほほ笑んでるだけなので……」

終いのほうは涙声になった。

「江戸は広い。そういう見世が一つくらいあったってよござんしょう」

親方はそう言うと、隠居がついだ猪口の酒を呑み干した。

「ほかのご常連さんはご存じなので？」

真造がたずねた。

「いくたりかは」

卯三郎が短く答えた。

「騒いだりはしないわけですか」

と、おみね。

「もともと大騒ぎをするような客筋じゃねえからな。落ち着いて呑む見世だ」

親方がまた渋く笑った。

「灯りのともっている見世も、中はいろいろなんだね」

隠居がしみじみと言った。

「さようですね」

真造がうなずく。

「またいずれ来てやってください」

目元を軽くぬぐってから、信吉が言った。

「ええ、またいつか必ず」

わん屋のあるじの声に力がこもった。

九

「驚いたな、そりゃ」

翌日の二幕目にそう言ったのは、大河内鍋之助同心だった。

「それでからくり人形が止まったわけか」

得心のいった顔つきで、千之助が言った。

だいぶ苦労をしたようだが、飛騨の山中でいい神木が見つかった。それはすでにおもかげ堂に運び入れている。

「あながち見当違いでもなかったわけだな」

大河内同心はそう言って、たらの芽の天麩羅を口に運んだ。

春の恵みは数々あるが、ほろ苦さが何とも言えないこれもその一つだ。

「人形は人形なりに、怪しいものの気配を察してたわけか」

千之助は苦笑いを浮かべた。

「おれはちっとも怪しいとは思わなかったぜ」

同心はとがったあごに手をやった。

かどやの娘にまつわるにわかには信じがたい話を、ひとわたり伝え終えたところだ。座敷には祝いごとの職人衆がいて、円造を遊ばせてくれている。そのにぎやかな声が、折にふれて一枚板の席にも響いてきた。

「まあとにかく……」

千之助は桜鯛の刺身を口中に投じてから続けた。

忍びの末裔《まつえい》は下戸だから茶だが、うまそうに食す。

「神木で角《つの》みてえなものをつくっていまの人形にくっつけてやるそうだから、次はしくじらねえでしょう」

千之助は身ぶりをまじえた。

「このあいだの尾行だって、ちょいと相手を間違えただけだからな」

と、同心。

「それだけ、世にあらぬものの……」

真造は言葉を探した。

「発する気が強すぎたってことだな。人形はそれに引きずられちまった」

大河内同心がうまくまとめた。

「この次……はねえほうがいいのかもしれねえけど、もう同じしくじりはしねえでしょう」

千之助はそう言うと、また桜鯛をうまそうに胃の腑に落とした。

「かどやへ向かっても、わけが分かってるからな。それに、月命日でなきゃそっちへは行かねえだろう」

同心はそういう見通しを示した。

「なら、時待ちですな」

千之助が湯呑みに手を伸ばした。

「おう、盗賊はまた妙な判じ物を遺《のこ》すかもしれねえぞ」

大河内同心が言った。

その勘は正しかった。

同心たちが動くときは、さほど間を置かずにやってきた。

第六章　からくり尾行

一

月のない晩――。

芝の街道筋を、音もなく黒装束の者たちが走った。

薬種問屋、丸屋《まるや》の前で止まる。

江戸じゅうに名が轟《とどろ》く薬種問屋だ。救身丸《きゅうしんがん》をはじめとする薬ばかりでなく、砂糖なども手広くあきなっている。

むろん、大戸は閉まっている。かしらとおぼしい男はその前に立つと、とんとんと戸をたたいた。

「梅」

中から声が響いた。

「桜」

かしらがすぐさま答える。

符牒《ふちょう》だ。

ややあって、中で動きがあった。

閂《かんぬき》が外され、くぐり戸が開く。

「よし」

かしらが真っ先に中へ入った。

手下《てか》たちが続く。

盗賊の手際は鮮やかだった。むやみな殺生はしない。ことに、女子供には手を出さない。顔さえ見られなければ、男も殺《あや》めることはない。

「おとなしくしな」

かしらが凄《すご》みのある声で告げた。

普段の声とは変えている。たとえ町で出会って話をしても、すぐさま気づかれることはない。

「騒がなきゃ、手荒なことはしねえ」

盗賊はそう言って、丸屋の者たちを次々に後ろ手に縛っていった。

「い、命だけはどうか」

あるじが哀願する。

「おう。後生が悪いから助けてやらあ」

押し込みの場でも、盗賊は渋く笑う余裕があった。

「早くしろ」

かしらは手下に命じた。

「へい」

手下が動く。

「隠しごとをするとためにならねえぞ。蔵の銭金はもらっていくからな」

かしらは言った。

丸屋のあるじは観念して、蔵の錠前の鍵を渡し、ほかの宝のありかまで洗いざらい告げた。

「よし。助けが来るまで待っていな」

盗賊はそう言い残すと、最後に妙なものを押し込みの場に置いた。

「これでも見ていろ」

かしらが指さした。

それは、二枚の画《え》だった。

二

「押し込みでだれも殺められなかったのは幸いだねえ」

大黒屋の隠居が言った。

「うちも備えをしておきませんと」

お付きの手代の巳之吉がかわら版に目を通しながら言った。

丸屋の押し込みの件が、舞文曲筆《ぶぶんきょくひつ》で綴《つづ》られている。見世の者に聞き込みをしたらしく、盗賊のかしらが歌舞伎役者よろしく大見得を切りながら画を遺す場面がまことしやかに描かれていた。

「おまえみたいな手代が引き込み役に入ってるんだから、お店としてはお手上げだよ」

半ば戯れ言で、七兵衛が言った。

「手前はそんなことはいたしません」

巳之吉が首を横に振る。

「はは、分かってるさ」

隠居は笑みを浮かべた。

「また面妖な判じ物を遺すとは、ちょいと小粋な盗賊だな」

椀づくりの太平が言った。

「盗賊をほめちゃいけませんよ、親方」

次兄の真次が酒をつぐ。

「何にせよ、大河内の旦那の動きごろかね」

七兵衛はそう言って、鰈の芽葱《めねぎ》巻きをだし醬油に浸してから口中に投じた。

白身の鰈は癖がないから、身で野菜を巻けば見た目も美しい肴になる。今日は芽葱だが、貝割菜なども いい。しめじなどの茸《きのこ》も合う。

「毎度、判じ物を遺されたんじゃ、町方の沽券《こけん》に関わりますからね」

太平が箸を伸ばしたのは鮪のづけの山かけだった。

鮪は下魚《げざかな》として嫌う見世も多いが、わん屋ではひと工夫してたまに出している。

むろん、活きのいいものが入ったときだけだ。

野田《のだ》の醬油と流山《ながれやま》の味醂を二対一の割で使い、じっくりと漬けて山かけをのせる。寿司飯があるのなら、にぎりでもちらしでも合う。

「で、その判じ物の答えは？」

座敷から戻ってきたおみねが問うた。

「まだ、だれも解けていないみたいだよ。なにしろ、鳥と魚が描かれていただけらしいから」

隠居が首をひねった。

「盗賊の名前なのかしら」

おみねも小首をかしげる。

「どんな鳥や魚なのか、見てみないことにはな」

真次が言った。

「そうだね、兄さん」

今度は山独活《やまうど》の茎の皮を剝《む》きながら、真造が言った。

これは田舎《いなか》味噌をつけて味わう。箸休めにはちょうどいい酒の肴だ。

「ただの鳥や魚だと雲をつかむような話だからな」

椀づくりの親方が言った。

鳥と魚の名が分かったのは、翌る日の二幕目だった。

大河内同心が二枚の画を持ってわん屋に来たのだ。

三

「あんまりうめえ画じゃねえから苦労したが、やっと名が分かったぜ」

大河内同心が笑みを浮かべて紙を指さした。

「これは……鶯《うぐいす》でしょうか」

一枚目に描かれていたものを見て、おみねが訊いた。

「そのとおりだ。わざわざ絵師に訊きに行ってたしかめたんだから、間違いねえ」

同心は答えた。

「もう一枚は、あるじならすぐ分かりそうですな」

千之助が魚のほうを示した。

「これは鯛ですね。それも、桜鯛。ほんのりと色がついていますから」

真造が答えた。

「そうと分かっていたら、もうちょっと書きようがありましたな」

口惜《くや》しそうにそう言ったのは、戯作者の蔵臼錦之助だった。どうやら例の舞文曲筆のかわら版は、この男の文案のようだ。

「鶯と言やあ、梅の枝が付き物だ。それに、桜鯛。だんだん見えてきたじゃねえか」

同心は手ごたえありげな顔つきで言った。

「と言いますと？」

おみねは腑に落ちない顔つきだった。

「初めの伊丹屋の押し込みでも、判じ物が襖に残されていた。こりゃあ、かわら版にも書かれてねえことだがな」

同心は答えた。

「伊丹屋の押し込みでも判じ物が？」

戯作者が身を乗り出した。

「そのとおりよ」

大河内同心は満を持してふところから紙を取り出した。

正月の初めごろから

三月の初めごろまで

「これで平仄《ひょうそく》が合うじゃねえか」

同心はにやりと笑った。

「あっ」

おみねが声をあげた。

ふと思い当たったのだ。

「ああ、そうか」

異貌の戯作者も気付いた。

「分かったかい、先生」

と、同心。

「鶯の梅は、正月（旧暦）の初めごろから。桜鯛の桜は三月の初めごろまで。梅に桜と判ずれば平仄が合いますな」

蔵臼錦之助はそう言って顔をつるりとなでた。

「ああ、やっと分かりました。……お待ちで」

真造が肴を出した。

青蕗《あおふき》の煮物だ。木目が鮮やかな丸椀に、筏《いかだ》型につんもりと盛ってある。生のものを口にしない戯作者でもこれなら大丈夫だ。

「でも、梅と桜の先はどうなるんでしょう」

おみねはまだ腑に落ちない顔つきだった。

「そりゃあ、おの字次第だな」

同心は謎をかけるように言った。

おもかげ堂の「お」の字だ。

「なるほど、おの字を」

真造がうなずいた。

「おの字とは？」

戯作者がそう問うて、青菼の煮物を口に運んだ。

「いや、そりゃこっちの話だ」

同心ははぐらかした。

蔵臼錦之助にしゃべったりしたら、かわら版に何を書かれるか分からない。

「ついては、あるじ。おめえさんにも出張《でば》ってもらえねえか。晩からだからよ」

大河内同心は身を乗り出した。

「わたしもですか」

真造はおのれの胸を指さした。

「千之助にもやらせるが、頭数は多いほうがいいからよ。悪いな、おかみ」

おみねに向かって、同心は言った。

「い、いいえ、晩からでしたら」

おみねはややあいまいな顔つきで答えた。

「よし、話は決まった」

人づかいがうまい同心は、両手を一つ打ち合わせた。

四

「そろそろ、のれんをしまってくれ」

真造が言った。

二日後の夕方だ。つかまり立ちができるようになった円造を遊ばせながら呑んでいた大工衆が腰を上げ、座敷が空いたところだ。

「あいよ」

おみねが動く。

「いよいよだな」

大河内同心が指を鳴らした。

「今度はかどやさんに向かっても止めますので」

おもかげ堂のあるじの磯松が言った。

そのかたわらには、かさのある風呂敷包みが置かれていた。中身はからくり人形だ。

「しっかりね、小太郎《こたろう》」

包みに向かって、磯松の妹の玖美が小声で言った。

木地師の血を引く異能のきょうだいだ。ともに肌の色は抜けるように白い。おもかげ堂を訪れた客は、人形のようなつくり手を見て目を瞠るのが常だった。

「わたしは逆側を歩けばよろしいんですね?」

厨の後片付けをしながら真造が問うた。

「おう。押し込みに遭った丸屋の前から、こいつをかざしながら尾行をやらせる」

同心が指さした。

「梅は咲いたか、桜はまだかいな……」

千之助が端唄《はうた》を口ずさみながら紙を振った。

盗賊が判じ物として遺した鶯と桜鯛の画だ。

「小太郎はわれわれが見ていますので」

磯松が引き締まった顔つきで言った。

「いちばんの関所は番所なんで。こっちのほうへ目を引きつけてるあいだに、さあっと」

千之助は身ぶりをまじえた。

「人形はかたかた動くわけですか？」

おみねがいぶかしげに問うた。

「それじゃ遅いぜ、おかみ」

同心が笑みを浮かべた。

「番所の前などは風呂敷に包んで、さっと通り抜けます」

磯松が言った。

「そのときに怪しまれねえように、目を引きつける役が要る。おれと千之助とあるじがいりゃあ、ちょいとした壁になるからな」

同心が軽く身ぶりをまじえた。

「では、お気をつけて」

おかみが言った。

「盗賊をひっ捕まえるのは後の話だからな。案じることたあねえぜ、おかみ」

と、同心。

「立ち回りなどにはならないから」

真造もなだめるように言った。

「なってもらっちゃ困りますよ」

わん屋のからくり人形の円太郎を追って、機嫌よく這い這いをしている円造をちらりと見て、おみねが言った。

五

丸屋の前には存外に早く着いた。

日は沈んだが、西の空にはまだ残映がたゆとうている。からくり尾行を始めるには、いま少し空が暗くなるのを待たなければならない。

「ちょいと話を聞きがてら、休んでいくか」

大河内同心は薬種問屋を指さした。

押し込みに遭ったあとだけに、丸屋は警戒してなかなか戸を開けてくれなかったが、同心がかんで含めるようにいきさつを告げると、ようやく中へ入ることができた。

千之助ばかりでなく、おもかげ堂のきょうだいと真造も手下として紹介された。口はいくらでも回る同心だ。

「おつとめ、ご苦労さまでございます」

座敷に通したあるじがていねいに頭を下げた。

跡取り息子と番頭もいる。おかみは茶の支度だ。

「おう、このたびは災難だったが、またあきないを始めたそうだな」

同心が言った。

「はい。幸い、見世に怪我《けが》人は出なかったので、一からやり直しです。売り物の薬も無事でしたから」

あるじは気丈に言った。

「こんなことを言っちゃ何だが、火が出て見世ごと燃えちまうことに比べりゃずっとましだぜ」

同心が言う。

「はい。見世の者にもそう申しました」

あるじは答えた。

ここでおかみが茶と干菓子を運んできた。筋のいい煎茶を呑みながら、外が闇に包まれるのを待つ。

「賊のあたりがついて、捕り物なのでございますか？」

番頭がおずおずとややいぶかしげに問うた。

無理もない。かしらの同心も含めて、捕り物より役者が似合いそうな顔ぶれだ。

「いや、あたりをつけるための下調べみてえなもんだ」

同心はそう答えて、茶でのどをうるおした。

「下調べと申しますと？」

利発そうな跡取り息子が少し身を乗り出した。

「ここにいる連中は鼻が利くんだ。それで、丸屋から押し込みの跡をたどることにしたわけだ」

実際は風呂敷に包まれたからくり人形が行うのだが、むろんにわかには信じがたい話は告げなかった。

「さようですか。それはご苦労さまでございます」

あるじが頭を下げた。

「うちみたいに泣く者が出ないように、首尾良く捕まえてくださいまし」

跡取り息子がしっかりとした口調で言った。

「おう。ところで……」

同心は湯呑みを置いて続けた。

「梅と桜に何か心当たりはねえかい。片方じゃなくて、梅と桜の両方だ」

「梅と桜でございますか」

あるじがあごに手をやった。

「梅桜という相撲《すもう》取りとか」

番頭が首をひねる。

「それはちと弱そうだね、番頭さん」

あるじが笑う。

そのやり取りを聞いて、真造はほっとする思いだった。押し込みに入られて案じていたが、これならいずれは元の身代に戻るだろう。

「あるいは、梅桜という銘酒とか」

今度はおかみが言った。

「聞いたことがないねえ」

あるじが首をひねる。

そんな調子で話をしているうち、空はすっかり暗くなった。

そろそろ頃合いだ。

「なら、邪魔したな」

同心が腰を上げた。

「どうぞお気をつけて」

丸屋の人々に見送られて、一行は外に出た。

六

カタカタ、カタカタ……

からくり人形が動く。

小太郎の前に賊が遺した画を二枚かざすと、ややあって人形は動きはじめた。

以前はなかった角のようなものが付いている。千之助が飛騨から持ち帰った神木でつくったものだ。これで霊力には不足がないはずだった。

おもかげ堂の数ある人形のうち、からくり尾行ができる特別なものは三体ある。いちばん新しい善松《ぜんまつ》は趣向を凝らした軽業人形で、音が響くのが玉に瑕だ。古風な茶運び人形はわりかた音が静かなのはいいが、小太郎も松恵《まつえ》もだいぶ時が経って霊力にいささか陰りが出てきている。そこで、ひとまず神木で角を付けて、新たな人形ができるまでのつなぎにすることになった。

「もっと端っこよ」

玖美が声をかけた。

「さ、こっちだ」

磯松がいったん持ち上げて端のほうに置く。

小太郎にとってみれば、おもかげ堂の二人が親のようなものだ。風変わりな親子みたいな一行は暗がりを着実に進んでいった。

「お、駕籠が来やがった」

同心が行く手を提灯でかざした。

おもかげ堂のほうとは違って、こちらには提灯がある。

駕籠とすれ違うときは、見とがめられないように小太郎を風呂敷で包んでやり過ごした。そのあたりは細心の注意を払わねばならない。

「次は関所だぜ」

同心が言った。

行く手に番所の灯りが見えてきた。

「これくらいの道幅がありゃ平気ですぜ」

千之助が言う。

「高をくくるんじゃねえ。気を引き締めていけ」

同心がすかさず言った。

「へい、承知で」

手下が答えた。

「じゃあ、また隠れようね」

玖美が小太郎を持ち上げた。

まだ足がカタカタ動く。

「同じ道だからな。しばし休んでいろ」

磯松がそう語りかけて風呂敷をかぶせた。

「おう、わりかた冷えるな」

大河内同心はそう言って、番所の役人に十手を見せた。

そのうしろに千之助と真造が立つ。

「お役目、ご苦労さまで」

役人が頭を下げた。

「こないだ芝の薬種問屋で押し込みがあったから夜廻りだ。怪しいやつは見かけなかったか」

同心はたずねた。

「いや、ここんとこは穏やかで」

役人は答えた。

「そうかい。なら……」

向こう側の気配をたしかめてから、同心は続けた。

「怪しいやつが通らないかどうか、しっかり目を光らせておいてくれ」

「承知しました」

役人はまた頭を下げた。

そのときにはもう、「怪しいもの」は番所の前を通り過ぎていた。

七

「お、裏通りへ入りやがった」

千之助が指さした。

街道筋を進んでいた小太郎が脇へ折れたのだ。

「この道は、またかどやに通じていますが」

真造が同心に言った。

「それだと元の木阿弥《もくあみ》だな」

同心は渋い表情になった。

「屋台が出てますぜ。ちと道幅が狭《せめ》えや」

千之助が提灯をかざした。

「ありゃあ蕎麦屋だな」

同心が目を凝らした。

屋号なのかどうか、提灯に「力」と記されている。

「なら、われわれが蕎麦屋を引きつけているうちに」

真造が言った。

「そうだな。蕎麦屋が顔を下げて蕎麦をつくりだしたところで、ささっと通り過ぎてくんな」

同心はおもかげ堂の二人に声をかけた。

「承知しました」

磯松が答える。

「また隠れてね」

玖美は小太郎に言った。

「おう、蕎麦は何ができるんだい」

同心が蕎麦屋に訊いた。

「うちゃあ、焼き餅を入れた力蕎麦を出してまさ」

屋台のあるじが得意げに言った。

「そりゃ珍しいな。一杯くんな」

同心が手を挙げる。

「おいらも」

「わたしも」

千之助と真造も続く。

「へい、承知で」

蕎麦屋は顔を下げて蕎麦をつくりだした。

すかさず千之助が合図を送る。磯松と玖美が急いで通り過ぎた。

蕎麦はあまり芳しくなかった。べちゃべちゃしているし、つゆにもこくがない。

おまけに餅の焼き加減まで半端だ。

「削り節がのってるのがいいじゃねえか」

同心が言った。

そこしかほめるところがなかったのだ。

「ありがたく存じます」

屋台のあるじは笑みを浮かべた。

どうにか胃の腑に落とし、お代を払って後を追った。

「よし、続けるぞ」

同心が言った。

カタカタ、カタカタ……

またからくり人形が動きだした。

ますますかどやへ向かっている。

飛騨の神木で角を付けたとはいえ、元の木阿弥になるかもしれない。

真造の危惧は募った。

だが……。

からくり人形はあるところで止まった。

「ここなの？」

玖美が問う。

そのとき、建物の中から人が出てきた。

あわてて磯松が隠す。

「ここか？」

人気《ひとけ》がなくなってから、同心が問うた。

あたりの様子をうかがい、磯松は小太郎を取り出して地面の上に置いた。しかし、からくり人形はもう動こうとしなかった。

「ここみたいです」

玖美が言った。
真造はその建物を見た。
それは、町の湯屋だった。

第七章　湯屋の客

一

「湯屋のあるじもおかみもほめ者で、悪く言うやつはいねえみたいだ」

大河内同心が首をひねった。

わん屋の一枚板の席だ。

「おまけに、看板娘も跡取り息子もいたって評判がいいんで。湯屋で人形が止まったのは……」

千之助があごに手をやった。

「見当違いか、あるいは……」

同心もとがったあごをなでる。

「湯屋の客が怪しいんじゃないかい？」

隠居が声を落として言った。

「そう考えて千之助を入らせてみたんだが……」

同心は苦笑いを浮かべた。

「よそ者のおいらがいちばん怪しかったかもしれねえ」

千之助も苦笑する。

人形みたいな面構えで、肌も抜けるように白いから、湯につかっていた客はさぞ驚いたに違いない。

「で、怪しい人は見かけなかったと」

七兵衛が言った。

「そう都合良く居合わせたりはしねえさ、ご隠居。根気良く探らねえとな」

と、同心。

「では、わたしもかどやへ寄りがてら、湯屋に入ってみましょう」

真造がそう言って、鮎《あゆ》の背越しを出した。

玉川《たまがわ》の活きのいい鮎が入ったときだけ出す料理だ。蓼酢《たでず》ですすめれば、おのずと酒も進む。

「月命日か？」

同心がそれと察して訊いた。

「ええ。できることなら、話をしてみたいと」

真造は答えた。

「おれみてえにべらべら口の回る客はいねえほうがいいだろうが、あるじならちょうどいいだろう」

同心はそう言って、鮎の背越しを口中に投じた。

「娘さんばかりでなく、かどやの人たちにもごあいさつをと」

と、真造。

「よろしかったら、うちへお越しくださいと」

隠居に酒のお代わりを持ってきたおみねが言った。

「そうだな。機があれば、声をかけてくることにしよう」

真造はうなずいた。

「押し込みの賊が客かどうかは分からねえが、おれも湯屋なら折にふれて行ってみることにしよう」

同心が言った。

「芝のほうにもお得意先がありますよね、大旦那さま」

手代の巳之吉が水を向けた。

「はは、おまえが湯屋に入りたいだけじゃないのかい」

七兵衛が笑う。

「いえいえ、滅相もないことで」

巳之吉が真顔で首を横に振った。

「まあ、わたしは先を急ぐあきないをしちゃいないから、骨休めがてら湯屋に寄ってみるかね」

隠居が温顔で言った。

「はいっ」

手代が答えた。

「ひときわいい声を出したじゃねえか」

同心がそう言ったから、わん屋の一枚板の席に和気が漂った。

二

かどやの娘の月命日——。

真造はわん屋の仕込みをしてから出かけた。

芝のほうへ進むにつれて、西の空に残っていた目にしみるような赤が薄れ、あたりはすっかり暗くなった。真造は提灯に灯を入れて進んだ。

日蔭町の通りは、暗くなるとひときわ寂しかった。ここいらには屋台も出ていない。ただ風だけが吹きすぎていく。

たまさか蛍火のような提灯が現れ、ゆるゆると近づいてくる。

「こんばんは」

真造が先に声をかけた。

「冷えてきましたな」

供をつれたあきんどとおぼしい男が言葉を返す。

「ええ。存外に冷えます」

「お気をつけて」

そんな短い会話を交わして、それぞれの道を進んでいく。

やがて、行く手に赤い灯りが見えてきた。

この世に取り残された寂しいたましいのようだ。

真造の目にはそう見えた。

ほかに同じ道を歩む者はない。やがて赤提灯が大きくなり、「かどや」という字が読み取れるまでになった。

かすかに話し声がする。つまみかんざしの親方か弟子か、それとも見世の者か。あるいはほかの客か。

真造はふと夜空を見た。

冴《さ》え冴《ざ》えとした月が出ている。まだ夜はこれから長い。

先にかどやへ立ち寄るつもりだったが、気が変わった。もし信吉がいて、おつうが帰ってきているのなら、邪魔をしてしまうことになる。

迷った末に、真造は赤提灯の前をそのまま通り過ぎた。

まずは湯屋だ。

賊の手がかりが得られないかどうか、湯屋でひとわたり探りを入れ、帰りにかどやに寄ればいい。

真造はそう肚《はら》をかためて足を速めた。

三

湯屋はしばしば休みになるが、からくり人形が止まった湯屋は開いていた。

真造はまず湯につかることにした。

脱衣場の隅に桶が置かれている。なかには麗々しい屋号や名が入った留桶《とめおけ》もあった。おのれが専用で使える桶だ。お代は二百文を下らないが、見栄《みえ》を張ってまで湯屋に置く江戸っ子はいくたりもいる。

真造はちらりと留桶のほうを見た。梅、と焼き印が入った桶があった。

湯舟はかなりの混みようだった。

「冷え者でございます。ごめんなさいまし」

そう声をかけて、おずおずと入る。

初めての湯屋だ。町の常連が幅を利かせているから、小さくなって入る。

常連の話に聞き耳を立てていたが、とりたてて怪しい気配は感じなかった。湯舟は暗いし湯気もあるから、人の顔も判然としない。何も得るところはなかった。

湯上がって体をふいた真造は、脱衣場の客をひとわたり見た。

鯉《こい》の入れ墨を背に彫っている年寄りがいた。若いころならさぞやいなせだった
だろうが、年が寄ると背中の鯉がいささか重い。

湯屋には二階があった。冷たい麦湯や干菓子などを一階で買い、盆に載せて客
がおのれで運ぶ。

おや、と真造は思った。

二階のほうから聞き覚えのある声が響いてきたのだ。

階段を上ると、案の定、大黒屋の隠居の顔が見えた。

「おう、わん屋さん。ひょっとしたら来るんじゃないかと思ったよ」

七兵衛が右手を挙げてから言った。

「大旦那さまと将棋を指してたんです」

お付きの手代の巳之吉が将棋盤を手で示した。

「いや、存外に強くてねえ。どうも旗色が悪い」

隠居は苦笑いを浮かべた。

将棋盤はほかにも用意されており、奥でもいくたりかがわいわい言いながら盤
を囲んでいた。

「さようですか。将棋ならわたしも指せますので」

真造が笑みを浮かべた。

「なら、終わったら一局」

隠居が言った。

しばらく観戦していたが、隠居はうっかり二歩《にふ》を打ったりするくらいで、将棋の腕ははなはだ心もとなかった。一方、手代はしっかり金底《きんぞこ》に歩を打つ手堅い将棋だ。隠居が角の利きを見逃したこともあり、だんだんに差が開いてきた。

「こりゃあ駄目だね。しくじったよ」

隠居は潔く駒を投じた。

「ありがたく存じます」

手代は満面の笑みだ。

「強いんだね」

真造が言う。

「いえ、たまたまです」

巳之吉がうれしそうに答えた。

そのとき、奥で将棋を指していた連中から声が上がった。

「頭金《あたまきん》で終わりだぜ」

「ああ、そっかー」

「やっぱりかしらは強《つえ》えや」

「そりゃ、梅に桜は飛車角みてえなもんだからよ」

「かないませんや、おれらには」

そんな話を聞いていた真造の胸がわずかに鳴った。

梅に桜……。

判じ物と平仄が合う。

「なら、相手を変えて」

何も気づいていない隠居が駒を並べだした。

「あ、はい」

我に返って、真造も手を動かした。

奥の連中はもう一局指すようだ。

かしら、と呼ばれた男があぐらをかき、煙管《きせる》を口にやった。銀が鮮やかな上物だ。

「おう、無駄に思案するんじゃねえぞ」

かしらが手下にクギを刺した。

真造はさりげなくその手のほうへ目をやった。大工や左官や物づくりの職人、そういったもののかしらだとしたら、年季の入った「ほまれの指」を持っているはずだ。料理人の指も仕込みから使いづめだから、素人《しろうと》の指とは明らかに違う。

さりながら、いま将棋を始めたかしらと呼ばれる男の指は、ずいぶんときれいだった。ほまれの指ではない。

「なら、今度は気張って指すよ」

隠居が言った。

「え、ええ、お願いします」

真造は軽く頭を下げた。

奥の将棋はどんどん指し手が進んでいた。

「下手の考え休むに似たり、だぜ」

手下が腕組みをしたところで、かしらがすかさず言った。

「へえ、すんません」

「かしらは気が短《みじけ》えぞ」

「どんどん指しな」

「おれらの番が回ってこねえからな」

周りも急《せ》かせる。

「思案してても仕方がないねえ」

大黒屋の隠居の指し手は早かった。

双方ともに矢倉《やぐら》に組んで、出方をうかがう。

「お、何でえ、桂馬のふんどしかよ」

両取りをかけられたかしらが声をあげた。

「こいつぁいけねえ。待っただ」

かしらは駒を戻した。

「へえ、すんません」

手下のほうが謝る。

そんな調子で、どう指してもかしらのほうの分が良くなった。

「えーい、行け行け」

隠居が気を入れて銀を進めてきた。

真造はじっくり受けるほうだが、七兵衛はどんどん駒を前へ進めてくる。将棋には指す者の性分も表れるから面白い。

「ここはしっかり」

真造は銀を引いて受けた。

「手堅いですね」

巳之吉が笑みを浮かべる。

「どうでえ、破れちまったぞ」

奥でかしらが得意げに言った。

「うーん」

と、うめきながら手下が指す。

バタバタと指し手が進んだかと思うと、奥の将棋はあっけなく終わった。

「めえりやした」

手下が駒を投じたのだ。

本気で指せば手下のほうが強そうだが、そこはそれだ。

「おう、どいつもこいつも張り合いがねえな」

勝負どころで待ったをしたかしらが言った。

「よし、おれは湯につかってくらあ。おめえらはへぼ同士で指してな」

かしらはそう言うなりぬっと立ち上がった。

「へい」

「そうしまさ」

手下たちが答える。

真造の手番だった。

かしらの後を追いたいところだが、こちらの将棋はまだまだ長くなりそうだった。かと言って、手下たちの耳がある。にわかに指しかけを申し出たら怪しまれてしまうかもしれない。

そこで、真造は一計を案じた。

角をつかむなり、おのれの駒を飛び越えて遠い敵陣に成りこんだのだ。

「あっ」

手代が思わず声をあげた。

「そりゃあ、置けないよ、わん屋さん」

隠居が角を指さした。

「あっ、いけない、これはわたしのしくじり負けですね」

真造は髷に手をやって芝居をした。

「いや、うっかりだから、待ったでいいよ」

七兵衛が笑う。

「いえいえ、しくじりはしくじりなので、ちょいと湯で休んできます。どうもいささか疲れているようで」

真造はそう言って立ち上がった。

「そうかい。無理をしないでおくれ」

隠居は案じ顔になった。

「では、また」

真造は右手を挙げた。

そして、かしらを追って急いで脱衣場に向かった。

四

間に合った。

かしらと呼ばれていた男は、ちょうど着物を脱いで裸になったところだった。

真造は思わず息を呑んだ。

その背には、見事な彫り物があった。

桜吹雪《さくらふぶき》だ。

六尺（約百八十センチメートル）になんなんとする偉丈夫は彫り物を見せびらかすようにのしのしと歩き、あるものを手に取った。

留桶だ。

真造はその目でしっかりと見た。

梅、と焼き印が入っている。

梅に桜。

これで平仄がぴたりと合った。

飛騨の神木の角をつけたからくり人形は正しい尾行をしていた。ちょうどそのとき、盗賊のかしらは湯屋にいたのだろう。

二度目の湯だが、真造も続いた。

「おう、邪魔するぜ」

野太い声が響いた。

「相済みません。入れてくだせえやし」

どこぞの職人めかした口調で、真造も湯舟の隅に入った。

しばらく聞き耳を立てていたが、湯舟ではかしらは口を開かなかった。ややあって出ていったから、真造は少し遅れて続いた。

桜吹雪の入れ墨の男は、留桶をいちばん上に置いた。

「このあいだ来てみたら、おれの桶の上にだれか置いてあってよう。たたきこわしてやろうかと思ったぜ」

半ば戯れ言めかして、かしらは湯屋の常連に言った。

「そりゃ気の悪い話ですな」

常連が答える。

「まったくで。見たらとっちめてやるぜ」

肉の張った体を拭きながら、かしらはうそぶいた。

勘づかれないように気を遣い、男のほうをなるたけ見ないようにしながら様子をうかがった。

男はまた二階へ通じる階段を上っていった。

「おう。今日はこれでな。屋台ででも呑んでな」

どうやら手下に銭を与えたらしい。

「へへ、こりゃどうも」

「お疲れさんで、かしら」

手下たちの機嫌のいい声が響いてきた。

下りてきた男の背を見送ると、真造は急いで階段を上った。

隠居と手代が次の将棋を指していた。

「どうだった？　湯加減は」

隠居がたずねた。

「ええ、さっぱりしました。ちょいと帰って仕込みがありますので」

真造は口早に言った。

「そうかい。そりゃ大変だね」

「ご苦労さまでございます」

大黒屋の主従が労をねぎらった。

「では、これで」

愛想がないが、先を急ぐ。

真造はさっと右手を挙げて湯屋の二階から下りようとした。

「かしらが相手じゃなきゃ、手加減はいらねえからな」

「負けたら癇癪《かんしゃく》を起こすからよ」

「そのへんにいねえだろうな」

手下たちがさえずりながらなおも将棋を指している。

だが、折あしく、下から二人の客が上がってきた。片方は肥えていて、階段を上るのが難儀そうだ。これでだいぶ時を食われてしまった。

急いで下り、湯屋の外へ出た。

前の通りはいちめんの闇だった。

盗賊のかしらとおぼしい男はどこへ行ったのか、もうその姿を見なかった。

五

提灯を下げた真造は、しばらくほうぼうを歩いた。

盗賊のねぐらが分かり、町方の大河内同心に伝えれば、たちまち捕り物の網が張られるだろう。

しかし、どの路地を見ても、それらしい人影はなかった。

急ぎ足で進んでいるうち、行く手に赤提灯が見えてきた。

前に寄った屋台だ。赤提灯には「力」と記されている。

前に人影がある。

盗賊のかしらとおぼしい男かと思いきや、近づいてみると背丈が違った。

ことによると、前を通ったかもしれない。とにもかくにも、屋台に寄って訊いてみることにした。

「またのお越しで」

あるじが先んじて言った。

「背の高い男が通らなかったか？」

真造は手を頭にかざして問うた。

「いえ、そんな男は」

あるじが答える。

「おめえさん、十手持ちかい？」

先客が丼を置いてたずねた。

「いや……ちょいと知り合いで」

真造はあいまいな返事をした。

「力でよろしいですね？」

もう手を動かしながら訊いた。

「あ、ああ」

断ることもできなかった。

結局、焼き餅を含めてどこにも取り柄のない蕎麦をまた食わせられる羽目になってしまった。

屋台を離れた真造は、もと来た道を引き返した。

湯屋の前で見張り、出てきた手下の跡をつけようかとも思った。

しかし、大河内同心に伝えれば、しかるべき手を打ってくれるはずだ。

真造は先を急いだ。

湯屋にだいぶ長居をして、屋台の蕎麦まで食べた。かどやがまだやっているかどうか気になった。

行く手にぼんやりと赤い灯りが見えてきた。

よかった、まだやっている……。

そう安堵《あんど》したのは束《つか》の間《ま》だった。

おかみだろうか。中から人影が現れ、提灯に歩み寄った。

ふっと灯りが消えた。

間に合わなかった。もう見世じまいだ。

かどやの前は闇に包まれた。

それでも、赤い灯りの像《すがた》はまだ真造の眼裏《まなうら》に残っていた。

いずれまた、月命日に……。
真造は提灯をかざして行く手を照らした。

第八章　川開きの夜

一

「千之助に加えて、土地《ところ》の十手持ちにも声をかけてあるからな。盗賊のかしらのねぐらはもう知れたようなもんだ」

大河内同心がそう言って、鰹《かつお》のたたきを口に運んだ。

「ねぐらが知れたら、捕り物ですな」

大黒屋の隠居も、貝割菜や刻み葱などの薬味をたっぷりのせて食す。

「まあ、そのあたりは海津《かいづ》の旦那とも相談で」

同心が答えた。

海津力三郎《りきさぶろう》与力は大河内同心の上役で、同心ともども「町方でございい」という顔をしているが、実は密命を帯びていた。

平生は江戸の朱引《しゅび》きの内側を縄張りとしているが、日の本《ひのもと》を股にかける盗賊などを追うときは出張って捕縛することを許されている。言わば、隠密与力と同心だ。大河内同心の手下が忍びの末裔で、おもかげ堂の異能のきょうだいを使っているのは、隠密同心ならではだった。

「首尾良く捕まればよろしゅうございますね」

千鳥屋の隠居の幸之助が言った。

今日はわん市の打ち合わせを兼ねて顔を見せている。

「そうだな。まあ仕上げをご覧《ろう》じろってとこだ」

同心はそう言って、座敷のほうをちらりと見た。

「よし、もうちょっと」

「ああ、惜しい」

座敷では、巳之吉と善造《ぜんぞう》、二人のお付きの手代が円造と遊んでいた。

そちらには、同じ鰹でも手こね寿司を出してある。海苔《のり》と炒った白胡麻を散らすと風味が増してことのほかうまい。

「えらいね。泣かなかったわね」

円造に手を伸ばしたおみねが笑みを浮かべた。

早いもので、円造が生まれて一年が経った。つかまり立ちはもうお手の物で、このところは歩こうとしている。からくり人形の円太郎のようにとことこ歩きたいようなのだが、それはまだちょっと荷が重いようだった。

「おれらがきちんと網を張りゃあ、賊を逃すこたぁねえだろう」

大河内同心が自信ありげに言った。

「妙な判じ物を遺して墓穴を掘りましたね」

煮物の加減を見てから、真造が言った。

「おのれのしわざだと判じ物で告げていたわけだ。悦に入るのは勝手だが、代金はちいと張るぜ」

同心はそう言って、また次の鰹に箸を伸ばした。

江戸っ子が初鰹に浮き足立つのは毎年の常だが、値はすっかり落ち着いた。初鰹に三十両だの四十両だのというべらぼうな値をつけるのはおおむね歌舞伎役者だ。おのれの名が上がればおのずと引札にもなる。

今年はまた藤十郎《とうじゅうろう》だ。いや、田之助《たのすけ》だって負けちゃいねえ。てな調子で、たかが初鰹の値くらべにかわら版まで出る始末だった。

「梅と桜が名に入ってるんでしょうね」

真造が言った。

「おそらくな」

同心がぎやまんの杯を手に取った。

一枚板の席の常連には、冷酒をこれで出すようにしている。千鳥屋の隠居もむろんこれだ。

「ところで、出見世のほうはどうだい」

七兵衛が幸之助にたずねた。

「おかげさまで上々のあきないぶりです。新たなお得意様も増えまして」

千鳥屋の隠居はうれしそうに答えた。

「的屋さんでも、湯上がりに好評のようです」

真造が言った。

「そりゃあ、おまきちゃんが若おかみだからね」

七兵衛が目を細めた。

的屋は内湯がついているのが自慢だ。その湯上がりに、ぎやまんの器で冷たい酒か麦湯を呑む。客の評判がいいのは当然のことだった。

「今度また行ってみますよ」

かどやのことを頭に置いて真造がそう言ったとき、同心が「おう」と手を挙げた。

いくぶん背を丸めてせかせかと入ってきたのは、手下の千之助だった。

二

「そうかい、桜吹雪の梅吉《うめきち》かい」

大河内同心がにやりと笑った。

千之助がいま首尾を伝えたところだ。盗賊のかしらの名もねぐらも突き止めてきたらしい。さすがは忍びの末裔だ。

「芝のあたりじゃ名の通ったやつで。昔は相撲取りも目指したようですが」

千之助が言った。

「上背がありましたからね」

と、真造。

「まさかあのとき、あるじが盗賊を追っていたとはつゆ知らず、将棋に誘ったりして悪かったたね」

大黒屋の隠居が言った。

「いえいえ、こちらこそ焦るあまりわざとしくじり負けをしてしまって」

真造は髷に手をやった。

「角がおのれの駒を跳び越えたからびっくりしたよ」

七兵衛が笑う。

「常盤津《ときわづ》の師匠の女房は、亭主が盗賊だったとは夢にも思ってなかったでしょうな」

千之助が言った。

「表店《おもてだな》でいい暮らしをしてやがるんだろう？」

と、同心。

「ほうぼうに長屋なんぞを持ってるとつくり話をしてるようで。手下が店子に化けて小芝居をしたりするんで、ころっとだまされてるみたいでさ」

千之助は苦々しげに言った。

ここで次の肴が出た。ちょうど頃合いになった小鮎の煮浸しだ。

串を打って白焼きにした小鮎をほうじ茶で煮る。川や湖の魚は、ほうじ茶で煮ることによって臭みが抜けてうま味が残る。

酒を加えてあくを取りながらひとしきり煮たあと、醬油と味醂を足し、煮汁がほとんどなくなるまで落とし蓋をしてじっくりと煮る。ほうじ茶がいっとめをした煮浸しの出来上がりだ。

「これも酒がすすむねえ」

塗物問屋の隠居がうなった。

「公魚《わかさぎ》などでもうまいです」

真造が笑みを浮かべた。

「で、捕り物の段取りですが」

千之助は声を落とした。

「何か思案があるのか」

同心が問う。

「へい。いい話を小耳にはさみましてね」

千之助は形のいい耳に手をやった。

「地獄耳だからな、おめえは」

同心がにやりと笑った。

「で、耳寄りの話ってのは？」

七兵衛が身を乗り出した。

「早《はえ》えもんで、月末にゃもう川開きで」

千之助はいやに迂遠《うえん》なところから話を始めた。

「ああ、もうそうなるね」

と、七兵衛。

「ぎやまんが映える季《とき》になるな」

大河内同心が切子の盃をついとかざす。

「そうめんを盛るのは、やっぱりぎやまんの大鉢で」

真造が言った。

「わたしなどは見慣れているもので、竹筒などに盛られているほうが涼しげでうまそうに見えます」

千鳥屋の隠居が言った。

「竹筒はこの見世じゃ出ねえな」

同心が笑みを浮かべた。

「うちはわん屋ですので、細長いものはちょっと」

真造が言った。

「話を前へ進めていいですかい？」

千之助が訊いた。

「おお、すまねえ。ちっとも前へ進んでねえな。川開きがどうした？」

同心が問い返した。

「川開きと言やあ、何が目玉ですかい？」

手下は謎をかけるように言った。

「花火だな。てことは……」

大河内同心はとがったあごに手をやった。

「まさか盗賊のかしらが打ち上がったりはするまいね」

大黒屋の隠居が突拍子もないことを言いだした。

「いや、戯れ言は置いといて」

千之助がいくぶん焦《じ》れたように言った。

「大川の川開きの花火は見物衆であふれ返《けえ》るが」

同心はまだ答えが見つからない様子だった。

「橋に鈴なりになって見る連中もおりますが、銭のあるやつはどうします？」

千之助が問う。

「そうか」

同心は両手をぱんと打ち合わせた。

「屋形船を繰り出すんだな」

「なるほど、そういう相談を」

七兵衛がうなずいた。

「手下とともに屋形船に乗って、料理人も雇ってぱあっと呑み食いをっていう相談をしてました」

千之助が伝えた。

「二度も押し込みをして、銭はうなるほどありやがるだろうからな」

同心は苦々しげに言った。

「網を絞るにはちょうど良さそうですね」

幸之助が言った。

「こいつぁ、でけえ川魚が獲《と》れそうだぜ」

同心は手のひらにこぶしを打ちつけた。

そのとき、そろいの半纏の大工衆がどやどやと入ってきた。

「おっ、おめえら、うまそうなものを食ってるな」

二人の手代を指さして棟梁《とうりょう》が言う。

「へえ、鰹の手こね寿司で」

「お代わりまでいただきまして」

善造と巳之吉が笑顔で答えた。

「けっ、お付きの身でよう」

「おれらも食いたくなってきたな」

「まだできるかい、あるじ」

大工の一人が声をかけた。

真造は答えた。

「はい、いくらか時をいただければ」

「なら、でけえ寿司桶でくんな」

「みなで食うちらし寿司はうめえからな」

大工衆がさえずる。

「承知しました」

真造は気の入った声で答えた。

「跡取りはおすわりかい」

棟梁が円造に声をかけた。

「さっきまで歩こうとしていたんですけど、ちょっと疲れたみたいです」

おみねが言った。

「そうかい。なら、やってみな。おいちゃん、歩くのは得手だからよ」

棟梁の目尻にいくつもしわが寄る。

「おいらも、歩くんなら負けねえぜ」

「わらべに負けてどうすんだよ」

と、大工衆。

「なら、また稽古ね」

おみねが手を添えて円造を立たせた。

みなが見守るなか、円造はとこっとひと足歩いた。

「おおっ」

思わず声があがったのは束の間だった。

円造は次の足でうまく身を支えられず、べたっと畳に手をついた。

そして、少し遅れてわんわん泣きだした。

三

次の月命日にかどやへ行くつもりだったのだが、ちょうど祝いごとの約が入った。むろんあきないが先だ。真造がかどやを訪れるのはまた先送りになった。

祝いごとで遅くまでにぎわった翌日の二幕目、一枚板の席に珍しい客が座った。

海津力三郎与力だ。

大河内同心と千之助もいる。ちょうど、戯作者の蔵臼錦之助もふらりと現れて陣取っていた。

「今日は役者さんの集まりみたいですね」

中食を手伝ったあと、なおしばらく洗い物などを手伝っていたおちさが、習いごとへ行く前におみねに小声で言った。

「そうね。あくの強いお芝居になりそう」

おみねも声を落として答えた。

とがった顔の大河内同心に、人形みたいな千之助。因果物が似合いそうな蔵臼錦之助。そういった面々に比べると、海津与力は普通と言えば普通だった。しかし、その豊かな髷と押し出しの良さは、火消し、力士と並ぶ江戸の三男《さんおとこ》にふさわしい。

「川に飛びこまれるかもしれねえから、水練の達者な捕り手もそろえませんと」

大河内同心はそう言って、鱚の天麩羅を口に運んだ。

「そのあたりに抜かりはない。甲冑《かっちゅう》をまとってでも泳げる達人などを加えておいた」

与力は声を落として答えると、穴子のうま煮に箸を伸ばした。

今日の中食の顔は穴子丼だった。

ほかほかの飯に穴子のうま煮をのせ、たれをほどよくかけ、おろし山葵《わさび》ともみ海苔を添えて食す。これに茄子《なす》と豆腐の味噌汁、三河島菜《みかわしまな》の胡麻和え、香の物がつく。

丼は美濃屋の碗、味噌汁は大黒屋の塗り椀。小鉢と小皿、それに運ぶ盆と箸もわん講の人々の手になるものだ。ふっくりと煮えた穴子は多めに仕込んであるから、二幕目の肴にもなる。

「甲冑をまとって泳ぐんですか」

おみねが目を瞠った。

「こつさえ覚えれば、そんな芸当もできるらしい」

と、与力。

「どんなこつなんでしょう」

手を動かしながら、真造は問うた。

こつが大事なのは料理人も同じだ。

「水を踏みつけて、足を巻くんだ」

海津与力は身ぶりをまじえて答えた。

「足を巻く？」

蔵臼錦之助がいぶかしげな顔つきになった。

「ここいらに漂ってる気じゃあ無理だが、水ってのはかさがある。こうやってうまく巻き足を使えば、地面に立ってるのと変わりがねえ」

与力は手首をゆっくりと回しながらこつを伝えた。

「なるほど、それで甲冑を背負って泳ぐこともできると」

おみねは得心のいった顔つきになった。

「実は、水練がいちばん得意なのは海津様なんだ」

大河内同心が与力のほうを手で示した。

「ああ、道理でこつが分かるわけで」

千之助がうなずいた。

「おめえだって心得があるだろう。おれはあんまり得手じゃねえが」

と、同心。

「へえ。そりゃまあ忍びの裔《すえ》なんで」

千之助はつるりと顔をなでた。

「ところで……」

蔵臼錦之助が揚げ茄子を胃の腑に落としてから切り出した。

生《しょう》のものを口にしない御仁なので、真造は上にかける削り節もやめようとしたのだが、それはべつにかまわないらしい。目のついた魚は駄目だが、そういった生身から遠ざかればむしろ好物だったりするようだからいささか分かりにくい。

「旦那方にちょいと相談なんですが、まさしく水際だった捕り物には、それを正しく書きとめて後世に伝える役目が入り用でしょう」

戯作者はいやに大きく出た。

「おめえさんも捕り方をやるのかい」

同心が問う。

「いやいや、滅相もないことで」

蔵臼錦之助はあわてて手を振った。

「やつがれは流れ弾の飛んでこないところから捕り物を見物し、一部始終を見届けたあと、かわら版に文案を売りこみ、後世に伝える役目を果たしたいと存じまして」

戯作者は芝居めかした口調で言った。

もっともらしいことを言ってはいるが、要は銭をかせぐためだ。

「捕り方を良く書いてくれるのならいいぜ」

同心は笑みを浮かべた。

「へい、そりゃあもう」

蔵臼錦之助が大仰に腕をまくる。

「悪事を働いても、こういう目に遭うだけだ。悪心を起こさず、額に汗して励め。ま、そういったことを江戸の民に伝えてくれ」

海津与力はまじめな顔つきで言った。

「承知しました。ちゃんと伝えますんで」

戯作者の表情が引き締まった。

四

川開きの晩に花火が揚がるかどうか、これは天頼《そら》みだ。折あしくあらしに見舞われて、せっかく支度を整えた花火の出番がなかったことも一再ならずあった。

だが、今年は幸いにも晴天に恵まれた。よく見えるところを先に取ろうと、両国橋には早くから見物衆が詰めかけた。

両国橋の西詰も東詰も、江戸では指折りの繁華な場所だが、川開きの日はことに賑《にぎ》やかだ。さまざまな物売りがここぞとばかりに声を張り上げるからうるさいほどだった。

暗くなると、提灯の灯りが一つ二つと灯《とも》りだす。まもなく花火の始まりだ。

さらに、屋形船や屋根船が出る。なかには料理人を乗せ、呑み食いをしながら花火を見物する船もあった。江戸っ子なら一度はあこがれる贅沢《ぜいたく》だ。

その一隻に乗りこんだ面々には悪相の者が多かった。

ことに、かしらと呼ばれた偉丈夫は、あたりを睨《ね》めつけるような鋭いまなざしの持ち主だった。

「おっ、始まったぜ」

桜吹雪の梅吉がそう言って、朱塗りの盃をついと差し出した。

「へい、雨が降らなくてよござんしたね」

一の手下が酒をついだ。

「おれが花火見物に出張ってきてやってんだ。そりゃ晴れもするぜ」

盗賊のかしらがくいと酒を呑み、鯛の活け造りに箸を伸ばした。

「おう、おめえらも食え」

桜吹雪の梅吉が鷹揚に言った。

「へい」

「頂戴《ちょうだい》しまさ」

待ってましたとばかりに、手下たちも箸を伸ばす。

奥のほうでいい音が響いていた。

天麩羅だ。

手だれの料理人が鯛や鱚などを揚げている。揚げたての天麩羅と刺身を肴に、上等な下り酒をたしなみながら川開きの花火を見物する。なかなかにおつりきな趣向だが、あいにくなことに乗りこんでいる面々は風流《ふりゅう》の道に縁遠そうだった。

「おっ、また揚がったぞ」

「でけえ、でけえ」

「たーまやー……」

手下の一人が大きな掛け声を発した。

「ふふ、おめえが言ったか」

かしらが嫌な笑みを浮かべた。

「へ？　何かあるんですかい？」

手下が問う。

「大あり名古屋のしゃちほこよ」

尾張《おわり》とかけた地口《じぐち》を飛ばすと、かしらはいくらか声を落として言った。

「おめえもそろそろどこぞのお店《たな》へ奉公に入《へえ》ったほうが良さそうだな、留蔵《とめぞう》」

桜吹雪の梅吉が謎をかけるように言った。

「なるほど。真っ先に掛け声をかけたやつに白羽の矢を立てる肚づもりだったんですな、かしら」

一の手下がひざを打った。

「さすがはかしら」

「うめえことを考えたもんだ」

おのれは役をまぬがれた手下たちが口々に言う。

「で、どこのお店ですかい」

留蔵が観念して言った。

かしらに逆らうわけにはいかない。面をかぶってお店者になり、のちに引き込み役をつとめるしか道はなかった。

「そりゃあ、またあとの相談だ。絵図面はできてるがな」

偉丈夫はおのれの鬠を指さした。

「おいらも前にやったが、存外いいもんだぜ、お店者も」

「そうかい？　おいらんときゃあ、あるじもおかみも因業でよ。盗賊にやられてせいせいしたぜ」

手下の一人が他人事みたいに言ったから、屋形船に下卑た笑い声が響いた。

「まあ、そのへんにしときな」

かしらはちらりと料理人のほうを見てから言った。

天麩羅は次々に揚がった。

「おめえには鯛をやるぜ」

かしらが留蔵に言った。

「へえ、ありがてえこって」

そう言いながらも、引き込み役が当たった手下の顔はさえなかった。

「精をつけておかねえとな」

「見世に小町娘がいるかもしれねえぞ」

「楽しみだな、留」

仲間が口々にはやす。

だが……。

留蔵がお店者になることはなかった。

たったいま夜空を焦がして消えていった花火のような運命《さだめ》が盗賊を待ち受けていたからだ。

五

盗賊たちを乗せた屋形船に向かって、ゆっくりと近づいていく小舟があった。

一艘《そう》ではない。二艘だ。

やがて、屋形船は挟み撃ちの恰好《かっこう》になった。

「小舟が寄ってきましたぜ、かしら」

一の手下がいぶかしげに指さした。

「天麩羅の匂いにつられたんだろう」

だいぶ呑んでいるかしらが言う。

しかし、太平楽なことを言っていられたのはそこまでだった。

二艘の小舟に乗っていた者たちがにわかに牙を剥いた。

「桜吹雪の梅吉、神妙にせよ」

よく通る声を発したのは、海津力三郎与力だった。

それに応えて、岸で提灯がかざされた。

「御用だ」

「御用」

そちらの陣頭指揮は大河内同心が執っていた。

「げっ、かしら」

「町方だ」

「捕り方が来やがった」

手下たちはにわかにうろたえた。

「落ち着け、馬鹿たれ」

桜吹雪の梅吉は一喝した。

捕り方の舟が近づく。刺股《さすまた》や突棒などをかざし、「御用、御用」と繰り返す。

「逃すな」

岸から大河内同心が声を張り上げた。

いくらか離れたところで、脚立に乗っている男がいた。

蔵臼錦之助だ。

捕り物の一部始終を書き止めようと、しきりに筆を動かしている。

「えーい、しゃらくせえ」

かしらは長脇差《ながどす》を抜いた。

ただの花火見物だが、抜かりなく物騒な物も携えている。

「ひ、ひえっ」

おびえた声をあげたのは、料理人だった。

「動くな。首を掻《か》き切ってやるぞ」

桜吹雪の梅吉は、初老の料理人の襟首をむんずとつかんでいた。

人の盾にするつもりだ。

江戸で押し込みを繰り返してきた盗賊は、そういう悪知恵が働く。

もう一人、にわかにうろたえた男がいた。船頭だ。

「お、お助け、お助け」

念仏のように唱えると、屋形船を見捨ててやにわに大川へ飛びこもうとした。

「待ちな」

一の手下が機敏に動く。

「捕まえろ」

桜吹雪の梅吉が手下たちに命じた。

「へい」

「合点で」

二人の男が船頭のもとへ走る。

飛びこもうとした船頭はたちまち身の動きを封じられた。

「勝手なことをするな。命はねえぞ」

盗賊のかしらはにらみを利かせた。

船頭は観念したようにおとなしくなった。

「下流へ行け。海へ逃げるぞ。佃島《つくだじま》から芝を回って品川だ」

桜吹雪の梅吉は無理な注文をつけた。

屋形船はあくまでも物見遊山の川遊びのためにつくられたものだ。一人の船頭の竿《さお》でそんなに遠くまでは行けない。

「おい、早く動かせ」

一の手下が船頭に命じた。

「へ、へい」

船頭はふるえる手をなだめながら竿を動かそうとした。

しかし……。

その行く手はふさがれた。海津与力が乗った舟が素早く前へ回ったのだ。

「逃げ場はないぞ。神妙にいたせ」

黒紋付きの羽織をまとった与力が重々しく言う。

「黙れ」

六尺になんなんとする大男は目を剝いた。

「おう、おめえの名は何だ」

襟首をつかみ、首筋に刃物を突きつけている料理人に問う。

「き、吉兵衛《きちべえ》で」

料理人は答えた。

「おう、町方。江戸の民を護《まも》る偉《えれ》え旦那がたが、よもやこの吉兵衛を見殺しにはしますまいな」

かしらがそう言い放つ。

「船頭もいますぜ」

一の手下が刃物を船頭に向けた。

海津与力は同じ船に乗りこんでいた者を見た。

「そろそろ出番だぞ」

小声で告げる。

「へい、承知で」

引き締まった表情で答えたのは、千之助だった。

大河内同心の手下だが、今日は捕り物だ。相談のうえ、与力と同じ船に乗っている。

「おう、船をどかせ」

桜吹雪の梅吉は野太い声を張り上げた。

その声は、岸にいる大河内同心のもとにも届いた。

六

「ちっ、何やってんだ」

いささかじれたように同心が言った。

「水練組はどうします」

町方の役人が問うた。

このたびの捕り物は隠密与力と隠密同心が指揮を執っているが、動いているのは町方だ。町方のなかでもことに泳ぎが達者な水練組が控えている。

「まだ早い。人の盾を取られてるからな」

同心は苦々しげに言った。

「いましばし待て」

役人が水練組に命じた。

「へい」

「身を動かして待ってます」

「命《めい》が出たら、すぐ飛びこみますんで」

下帯一丁の面々が答えた。

さすがは水練で鍛えている者たちだ。肩や胸の肉の盛り上がりには並々ならぬものがある。みないまや遅しと出番を待っていた。

「ああ、やんぬるかな、人の盾のゆえに動くに動けぬ捕り方は……」

後ろから面妖な声が響いてきた。

戯作者の蔵臼錦之助が、かわら版に載せる文句を思案しているのだ。

「おおっ」

その表情がやにわに変わった。

屋形船のほうで動きがあったのだ。

「料理人の首、本当に掻き切ってやるぜ。船をどかせ」

桜吹雪の梅吉は、屋形船の舳先《へさき》のほうへ人の盾とともに動いた。

「よし、いまだ」

海津与力が断を下した。

「へいっ」

千之助の手が動いた。

あるものを取り出す。

手裏剣だ。

忍びの末裔は、先のとがった武器を鋭く打った。

「ぐわっ」

盗賊のかしらがのけぞった。

料理人に突きつけていた刃物。それを握っていた手首に、闇を切り裂いて飛んだ手裏剣が過《あやま》たず突き刺さっていた。

人の盾となっていた吉兵衛は、渾身《こんしん》の力をこめて盗賊の体を払いのけた。

「舟をつけろ」

与力が命じた。

「川へ飛びこめ。助けてやる」

「迷うな。飛びこめ」

捕り方が料理人に告げた。

「わあっ」

吉兵衛がひと声叫んで、大川の水の中へ身を躍らせた。

それを見た船頭が、竿を放して続く。

これで人の盾はいなくなった。

残るは、盗賊だけだ。

七

「よし、行くぞ、水練組」

大河内同心が右手を振り下ろした。

「おう」

「飛びこめ」

屈強な男たちが両手を重ね、きれいな弧を描いて大川に飛びこんだ。

見る見るうちに近づく。

「向こう側だ」

「助けろ」

声が飛んだ。

船頭はともかく、料理人には泳ぎの心得がなかった。

与力の舟から一人助けが飛びこんだが、そちらの泳ぎも怪しく、下手をすると共倒れになりそうな按配だった。

そこへ助けが来た。

「よし、つかまれ」

「じたばた動くな。もう大丈夫だ」

その言葉を聞いて、吉兵衛は真っ青な顔で小さくうなずいた。


「かしらっ」

一の手下が叫んだ。

「てやんでえ」

手負いのかしらの形相が変わった。

「おれは桜吹雪の梅吉だ。桜吹雪は風に乗って、どこへだって飛んでいけるんだ。捕まえられると思ったら大間違いだぜ」

そう啖呵《たんか》を切ると、盗賊のかしらは帯を解いた。

着物を脱ぎ、屋形船の舳先に立つ。

「御用だ」

「御用」

捕り方の舟が近づいた。

「地獄で会おうぜ、おめえら」

手下たちに言い残すと、桜吹雪の梅吉はざんぶと大川の水に身を躍らせた。

「か、かしらっ」

「待ってくだせえ」

手下どもはうろたえるばかりだった。

そこへ捕り方がなだれこんできた。

「捕縛せよ」

舟から海津与力が命じる。

「おう」

「承知で」

捕り方には千之助も加わっていた。

刃物を振り回す者にはまた手裏剣を打つ。盗賊どもは一人また一人と縄を打たれていった。

「追え」

与力が短く叫んだ。

手裏剣の傷を負っているにもかかわらず、桜吹雪の梅吉の泳ぎは意外なほど速かった。

賊も必死だ。捕まれば命はない。

「あっ、海津様が」

岸で大河内同心が声をあげた。

業を煮やした与力が帯を解き、下帯に十手をはさむと、盗賊のかしらを追って自ら大川に飛びこんだのだ。

「おお、こりゃあ見せ場ですな」

後ろで戯作者が手を打ち合わせた。

きれいな横伸《の》しで海津与力は賊を追った。

甲冑をまとって泳いだりするときは立ち泳ぎで、両足を水車のように回して水を踏みつけながら前へ進む。

しかし、速く泳ぐには身を横にして、滑るように泳がなければならない。その要諦を与力は心得ていた。

「追えっ」

「海津様に加勢だ」

水練組に声が飛んだ。

料理人と船頭を助けた水練組は、思い思いの泳法で追った。

「海津様、しっかり」

同心が声援を送った。

さらに間合いが詰まる。

月あかりが大川の水面《みなも》を照らす。

川波の間《あわい》に、桜吹雪がくきやかに見えた。

海津与力は腕に力をこめた。

捕り方の舟が追いついた。

水練組も追う。

与力が十手を抜いた。

「御用だ」

そう言うなり、盗賊のかしらの頭を十手でしたたかに打つ。

手負いの盗賊には、もう抗《あらが》う力は残っていなかった。

第九章　夢あかり

一

「おお、こりゃ豪勢だな」

運ばれてきた大皿を見て、大河内同心が言った。

「捕り物の打ち上げでございますから」

おみねが笑顔で答えた。

わん屋の座敷に置かれたのは、鰈の薄造りの大皿だった。冬場は寒鮃《かんびらめ》を薄造りにするが、この時季は鰈だ。紅葉《もみじ》おろしとあさつきを薬味に、酢醤油でさっぱりと味わう。

「いま、そうめんが出ます」

厨から真造が言った。

「おう、暑気払いになるな」

そう言ったのは、海津与力だった。

捕り物の打ち上げだから、同心と手下の千之助ばかりでなく、上役の与力も顔を見せていた。もっとも、大川の捕り物でいちばんの働きを見せたのは当の与力だ。

桜吹雪の梅吉の一味は一網打尽となった。すっかり観念した盗賊は、奪った金の隠し場所や引き込み役を入れていた問屋の名などを洗いざらい吐いた。次に狙われていたいくつかの見世は危うく難を免れた。

もう一人、初めてわん屋ののれんをくぐった男がいた。捕り物で働きを見せた水練組のかしらの室田《むろた》源之亟《げんのじょう》だ。おかみのおみねと、今日は二幕目も手伝っているおちさがそうめんを運んでいくと、水練の名手はさっそく箸をとって啜《すす》りはじめた。

「器も涼やかでいいですね」

源之亟は竹の箸でぎやまんの器を軽くたたいた。

「お代わりもございますので」

おみねが言った。

あるものを指さして言った。


「なら、そのうちに」

千之助が箸を動かしながら答えた。

「それにしても、働きでございましたねえ」

一枚板の席に陣取った大黒屋の隠居が、あるものを指さして言った。

かわら版だ。

同じものは座敷にも置かれていた。江戸ではいま飛ぶように売れているらしい。川開きだけでも心が浮き立つのに、屋形船と大川の捕り物となれば江戸っ子の琴線にいやでも触れる。

「おれは岸から見てただけだがよ」

同心が苦笑いを浮かべた。

「いや、いちばんいい機に飛びこめっていう声がかかったんで」

源之亟が持ち上げた。

水練組はほうぼうからの寄せ集めで、平生は奉行所ばかりでなく番所づとめだったり御徒組《おかちぐみ》だったりする。かぎりなく無役に近い小普請組《こぶしんぐみ》の者もいる。さりながら、ひとたび大川端に集まれば、目を瞠るような水練の技を披露する。

その日頃の鍛錬が活きた。

「加勢に来てくれたのが見えたからな。あれでまた力が出たぞ」

海津与力がそう言って、鰈をまた口中に投じた。

「もう必死でした」

源之亟は手を動かしてみせた。

両手を千手観音さながらに動かし、なんとか逃れようとした悪名高き盗賊、桜吹雪の梅吉なれど、あにはからんや、追つ手は海津力三郎与力を筆頭に、水練の名手ぞろひなり……

大河内同心がかわら版を読み上げる。

「手は二本しかないのに千手観音とは」

一枚板の席で隠居が笑う。

「ま、そこはそれだ、ご隠居」

同心はそう言って、かわら版の読み上げを続けた。

江戸を騒がせし大盗賊、桜吹雪の梅吉も、すべての花を散らす時が来れり。海津与力がつひに泳ぎつき、降魔《ごうま》の十手を振り下ろせば、盗賊はぎやつとひと声悲鳴を発し……


「見てきたように書いてあるな。そんな悲鳴は聞こえなかったぜ」

当の与力が苦笑したとき、時の人とも言うべき客が入ってきた。

かわら版の文案をつくった戯作者、蔵臼錦之助だった。

二

「いやあ、おかげで寿命が延びたかもしれませんな」

戯作者がえびす顔で言った。

座敷の先客にあいさつし、一枚板の席に腰を下ろしたところだ。

「だいぶ実入りになりましたかい、先生」

七兵衛がさっそく酒をつぐ。

「まあ、そこはそれってことで」

まんざらでもなさそうな顔で、蔵臼錦之助は答えた。

「舞文曲筆はあるが、町方を良く書いてくれたんで、まあいいだろう」

　こちらも上機嫌で海津与力が言う。

「恐れ入谷《いりや》の鬼子母神《きしもじん》で」

　戯作者は地口で答えた。

　生のものが苦手な客のために、続けて肴が出た。

　まずは隠元《いんげん》の天麩羅だ。歯ごたえがあってことのほかうまい。これは塩を振って食す。わん屋で使っているのは赤穂《あこう》の上物だ。

　続いて、南瓜の直鰹煮《じがつおに》だ。鍋に南瓜と水と削り節を入れ、醬油と味醂で味つけした素朴な料理だが、これがまたほっこりしていてうまい。鰹節はいい音がする西伊豆《いず》の本枯れ節を使っている。

　これは座敷の客にも好評だった。さらに酒がすすみ、話が弾む。

「せっかく水練をやってるんだから、泳ぎくらべなんてのはどうだい」

　大河内同心が水練組のかしらに言った。

「ああ、なるほど。そりゃいいかもしれませんね」

　源之亟が乗り気で言った。

「どこからどこまで泳ぐんだ？」

海津与力が問うた。

「どこぞの橋から橋までがよろしいでしょう」

同心が答えた。

「大川橋から両国橋を通って、永代橋《えいたいばし》までってところですかね」

千之助が知恵を出した。

「そりゃあ、また見物衆で大変になるよ」

隠居が笑みを浮かべた。

「両国橋はまた鈴なりの人だかりになりますね」

お付きの手代が言った。

「いっそのこと、川開きの日にやったらどうです？　花火と並ぶ余興になりますぜ」

千之助が水を向けた。

「それじゃ泳ぎ手が見えねえぞ」

と、同心。

「あっ、そうか」

手下は髷に手をやった。

「またかわら版が飛ぶように売れそうですな」

蔵臼錦之助がほくほく顔で言った。

「先生は両国橋あたりで見物を？」

隠居が気の早いことを言った。

「できれば船で併走したいところですな。絵師も乗せて」

戯作者が案を出した。

「ともに走る救いの船も入り用でしょう。途中で具合が悪くなる泳ぎ手がいるかもしれないので」

水練組のかしらが言った。

「なら、そっちにゃ医者を乗せれば万全だな」

同心がそう言って、南瓜を口中に投じた。

「よし、決まったらおれも出るぞ」

海津与力が名乗りを挙げた。

「おお、いちばんの敵になりそうですな」

源之亟が笑みを浮かべた。

「そのうち鍛錬をしておかねば」

海津与力は白い歯を見せた。

三

捕り物の打ち上げのあとは、夏のわん市が来た。六月の初午の日だ。

ずいぶんと暑い日だったが、大雨などよりはよほどましだ。愛宕権現裏の光輪寺は、御開帳の本尊を拝みがてらわん市も覗く人たちで賑わった。

ことに人気を集めたのは、千鳥屋のぎやまん物だった。見るだけで涼しげな切子の盃などを手に取る客がずいぶん目立った。

「わん市の品は、ことにお安くなっております」

若おかみのおまきが如才なく言った。

「信の置ける職人につくらせておりますので」

出見世のあるじの幸吉も笑顔ですすめた。

そんな按配で、品は次々に売れた。わん市も回を重ね、だんだん江戸の人々に知られるようになった。なかにはどこぞの大店か大名家のお忍びとおぼしい客もいた。

売り手にとっては意外な客も来た。

「まあ、お母さん」

おまきが目をまるくした。

わん市に姿を現したのは、的屋のおかみのおさだだった。弟の跡取り息子の大助も付き従っている。

「ぎやまんの盃はお客さんの評判が良くてね。ただ、落っことしたら割れちゃうのが玉に瑕《きず》で」

おさだは笑みを浮かべた。

「だったら、まだ品が残ってるから。大助は運び役？」

弟に訊く。

「うん」

口の回らない跡取り息子が短く答えた。

「打ち上げには来るの？　さっきごあいさつに寄ったら、わん屋さんがおいしそうなものをいろいろつくってたけど」

おさだがたずねた。

「出見世に売れ残りを持ち帰らないといけないし」

おまきが答える。

「それは番頭さんに任せておけばいいよ。せっかくだから行っておいで」

隠居の幸之助が笑顔で言った。

「なら、一緒に行こう」

七兵衛が言った。

段取りはたちどころに決まった。

四

わん市は盛況のうちに終わり、わん屋で打ち上げになった。

このたびの市から、盥《たらい》づくりの職人の一平《いっぺい》も加わった。わん屋にも品が納められている。さっそくそれを活かしたちらし寿司がふるまわれた。

鰹のづけと海苔と炒り胡麻をちらしたものに、錦糸玉子と海老と隠元をちらしたもの、二種の大きな盥が座敷に置かれる。

そればかりではない。細かく刻んだ梅干しとしらすと刻んだ大葉をまぜこんだご飯まで出た。

「こりゃあ、目移りがするね」

大黒屋の隠居の七兵衛が言った。

「盥がまた、いいたたずまいで」

美濃屋の正作が目を細くした。

「恐れ入りやす」

ほまれの指をした一平が軽く頭を下げた。

「そのうち、釜揚げうどんをお出ししますので」

おみねが笑顔で伝えた。

「そうめんじゃねえのかい」

椀づくりの親方の太平が言った。

「そうめんは終いに望みの方だけにお出ししようかと」

厨から真造が答えた。

「そうかい、なら楽しみにとっておこう」

「親方はそうめんに目がないですからね」

弟子の真次が言った。

「悪いが、海老だけよけさせてもらいますよ」

そう言って杓文字《しゃもじ》を器用に動かしたのは、光輪寺の文祥和尚だった。

場を提供するばかりでなく、器道楽でも鳴るこの僧はわん市には欠かせない。

打ち上げにも当たり前のように加わるようになった。

「相済みません。うどんが出ますので」

精進にかぎる僧に向かって、おみねがすまなそうに言った。

「なに、日頃から小食なので」

文祥和尚は笑みを浮かべた。

「この梅干しのまぜご飯、おいしい」

「うん、しらすがいい按配だね」

「いくらでも胃の腑に入るよ」

一枚板の席にはお付きの手代衆が陣取っていた。そちらにもいくらか控えめながらおいしいものが出される。

ほどなく、釜揚げうどんが出た。これも一平の盥だ。

つゆを入れる器はとりどりだった。大黒屋の塗物もあれば、美濃屋の碗もある。

木目の鮮やかな椀もある。

紅葉おろしにあさつきに貝割菜に刻み海苔。思い思いに薬味を添えて、盥から竹箸で引きずるように運びながら食す。おちさの兄の富松がつくった箸が楽しげに動いた。

「おいらの品の出番がねえな」

竹細工職人の丑之助が半ば戯れ言で言った。

「的屋さんから夕餉を頼まれておりますので、そこで使わせていただきます」

厨で手を動かしながら、真造が言った。

「そうかい。そりゃありがてえ」

網代模様が美しい弁当箱が評判の職人が笑みを浮かべた。

「おっ、見るたびに上手になるねえ、円ちゃん」

七兵衛が円造を指さした。

ひところはつかまり立ちからの一歩を踏み出せずによく泣いていた跡取り息子だが、一歳と一か月が過ぎ、とことこと数歩歩けるようになった。

「このあいだ囲炉裏に落ちたので肝をつぶしましたけど」

と、おみね。

「火は入ってなかったんだろう？」

真次が驚いたように問う。

「ええ、幸い」

おみねが答えた。

「座敷から落ちかけたこともあるんです」

手伝いのおちさが言った。

「気をつけないといけないよ」

千鳥屋の出見世のおかみになったおまきが円造に声をかけた。

円造はいくらか歩いたところで止まり、あいまいな顔つきでおみねのほうを見た。

「はいはい、そろそろお乳ね」

母には子の考えていることが手に取るように分かる。

そこで人が入ってきた。的屋のあるじの大造と跡取り息子の大助だ。

「夕餉をいただきにまいりました」

大造はわん屋のおかみに告げると、わん市の打ち上げに集まっている面々のほうを向いた。

「娘が世話になっております」

おまきのほうを手で示してから頭を下げる。

「もはや、おまきちゃんはわん市の顔だから」

大黒屋の隠居が言った。

「すっかりわたしはかすんでいますよ」

千鳥屋の隠居も和す。

そんな調子で、わん屋の和気は絶えることがなかった。

「なら、これをお願いします」

真造が大助に倹飩箱を渡した。

「承知しました」

ちょっとだけたくましくなった顔で、跡取り息子は答えた。

宴もたけなわになった。

締めは千鳥屋のぎやまんの器を使ったそうめんだった。

もうだいぶ腹に飯やうどんがたまっているだろうから、小ぶりの器だ。井戸水に浸けて冷やしたつゆを張り、茗荷《みょうが》とあさつきを散らす。

「口福《こうふく》の味だね」

大黒屋の隠居が言った。

「器が喜んでおります」

千鳥屋の幸吉が笑みを浮かべる。

そのかたわらで、若おかみのおまきが満足げにほほ笑んだ。

五

いくらか経った日――。

わん屋の仕込みを終えると、真造は出かける支度を整えた。

今日はかどやの娘の月命日だ。だいぶ遅くなってしまったが、再び見《まみ》えるためにこれから出るところだった。

「なら、行ってくる」

真造はおみねに言った。

「気をつけて」

円造をなだめながら、おみねが言った。

大きくなってきた証《あかし》だろうが、何でもさわろうとするから気が気ではない。今日も仕込みに使う味噌をべったり手につけていたから叱ったところ、すっかり機嫌が悪くなってしまった。

「あまり遅くならないようにするよ。あとを頼む」

真造はそう言うと、円造の頭に手をやった。

「お母さんを困らせるな。土産はまた今度な」

笑みを浮かべて言うと、何を思ったか、円造は急に笑顔になった。

「いってらっしゃい」

おみねに送られてわん屋を出た真造は、まず街道筋を芝のほうへ進んだ。歩くにつれて、空はだんだんに暮れていった。

真造は提灯に火を入れた。裏通りには壊《く》えが多い。うっかり足を取られてどこか痛めでもしたら、あきないにも差しさわりが出てしまう。

日中はだいぶ暑かったが、日が落ちるといい風が吹きだした。しかし、日蔭町に入ると、屋敷にさえぎられるのか、またそこはかとなく暑さを感じた。

遠くで半鐘が鳴っている。真造は手をかざして風向きを見た。

江戸で何より恐ろしいのは火事だ。風が強い日に火が出ると、またたくうちに飛び火をして大火になってしまう。それまで培ってきたものがあっという間に灰《かい》燼《じん》に帰してしまうのだから、火事ほど恐ろしいものはない。

だが、半鐘の音はかなり遠かった。風も強くはない。わん屋とは向きも違う。

真造はひとまず胸をなでおろした。

進むにつれて、空はさらに暗くなった。

真造は瞬きをした。

夜空の一角を、星が一つ、いやに儚げに流れていった。

裏通りをなおも進むと、行く手に灯りが見えてきた。

かどやの赤提灯だ。

見世はやっている。

今月も娘は来ているだろうか。

真造はいくらか足を速めた。

六

「……いらっしゃいまし」

前に来たときと同じく、控えめな声が響いた。

「こんばんは」

そうあいさつして入ると、厨の前の一枚板のところに客の影が二つ見えた。

つまみかんざしの親方の卯三郎と、若い弟子の信吉だ。

「ああ、これは……」

親方が先に気づいた。

「わん屋のあるじでございます」

真造はそう言って奥を見た。

厨に入っているのは、あるじの仙次とおかみのおうめだけだった。

「まだ来ていないんです」

信吉がそれと察して言った。

「そうですか」

真造は一枚板のいちばん手前に立った。

「燗でよろしゅうございますか」

あるじが訊く。

「ああ、燗で」

真造は答えた。

かどやでは、みな声を落としてしゃべる。口角泡を飛ばしての会話などは似合わない見世だ。

「大根と厚揚げが煮えております」

おかみが控えめな笑みを浮かべた。

「では、それで」

真造は短く答えた。

ほかに客はない。敷かれた茣蓙が寂しげだ。

酒が来た。

「またのお越し、ありがたく存じます」

あるじが言った。

「なかなか来られませんで」

真造がわびる。

その猪口に、あるじの伯父の卯三郎が酒をついだ。長兄の真斎に判じてもらったのと同じ形の猪口だ。

「ああ……」

思わず声が出た。

しみる酒だ。

「そろそろ眠くなるかもしれませんよ」

信吉が謎をかけるように言った。

「眠くなる？」

真造はいぶかしげな顔つきになった。

「ええ。おつうちゃんは、戸を開けて入ってきたりはしないんですよ」

つまみかんざしづくりの弟子は暗い奥を指さした。

「ま、そりゃそのうち分かるさ」

親方がやんわりと言う。

そこで肴が出た。大根と厚揚げの煮物だ。

「頂戴します」

真造は少し迷ってから大根を箸でつまんだ。

控えめな味つけで、ちょうどいい按配の煮え加減だった。心が休まる味だ。

「そろそろかしら」

何がなしに落ち着かないそぶりで、おかみがあるじに訊いた。

「待っていな」

あるじが短く答えた。

つまみかんざしづくりの二人は、蛸《たこ》とじゃがたら芋の煮物を肴に呑んでいた。

珍しい組み合わせだが、わん屋でもたまに出す。そのあたりから、控えめながらも話が続いた。

「わん屋の料理はどれもうめえよ」

卯三郎が仙次に言った。

「そうかい。なら、休みの日にでも」

かどやのあるじが答えた。

「ぜひお越しくださいまし」

真造は笑みを浮かべた。

「わん屋さんは、器がすべて円いんで」

信吉が手で円を描いた。

「それは行ってみたいかも」

おかみがほほ笑む。

「お待ちしております」

真造はそう答えて、今度は厚揚げを胃の腑に落とし、猪口の酒を呑み干した。

その味が、そこはかとなく変わったような気がした。

妙だぞ……。

そう思ったのは、ほんの束の間のことだった。

真造は急な眠気に襲われた。

身の芯からわきあがってくるかのような、抗いがたい眠気だった。

真造は猪口を置いた。

そして、続けざまに瞬きをした。

七

はっとして目を覚ました。

真造は奥を見た。

おかみの横に、いつのまにか娘が立っていた。

鶴をかたどった白いつまみかんざしを髷に挿している。

おつうが戻ってきたのだ。

「おかえり」

と、母が言った。

「ただいま」

細い声で、娘が答えた。

「今月も、よく帰ってきたな」

父が言う。

影の薄い娘は、小さくうなずいた。

「わん屋さんには、いきさつをお伝えしたんだ」

信吉がおつうに言った。

「聞かせていただいたよ」

真造は言った。

ただし、そこで言葉に詰まった。もし姿を現したら、あれも訊こう、これも訊こうと思っていたのに、もうそんなことはどうでもいいような気がしてきた。

「この日だけ、水入らずで」

おかみがそう言って、寂しそうに笑った。

娘もほほ笑む。

忘れがたい笑みだった。

「おれは邪魔かもしれねえがよ」

卯三郎が言う。

「いえいえ、そんなことは」

あるじが言う。

ここで客が二人入ってきた。揃いの半纏の職人だ。

「おう」

つまみかんざしの親方が右手を挙げた。

どうやら見知り越しの仲らしい。

「今月も無事帰《けえ》って来たんだな」

おつうのほうを見て、客が言った。

「……はい」

娘が小さくうなずいた。

「偉《えれ》えな」

もう一人の客がそう言って、茣蓙に腰を下ろした。

常連客はみな知っているらしい。月命日にはおつうが戻ってくることを知っていて、あたたかく見守っている。かどやはそんな見世だ。

信吉とおつうは奥で話をしていた。

こんなつまみかんざしをつくった、どこそこへお参りした、そういったとくにどうと言うことのない話を、おつうはときおりうなずきながら聞いていた。

今夜の酒は、ことのほかしみた。煮物の味も、心にしみた。

向こうでは何をしているのか。

帰るにはどうするのか。

そんなことをたずねるのは野暮のように思われた。だから、真造は黙って酒を呑み、煮物を胃の腑に落としていた。

「せっかくだから、みなでわん屋へ行こうか」

つまみかんざしづくりの親方が水を向けた。

「そうだな」

あるじが女房の顔を見る。

「よそのお料理は学びになるので」

おかみが答えた。

「気張っておつくりしますので」

真造は笑みを浮かべた。

八

二本目の銚釐《ちろり》が空になった。

そろそろ潮時だ。

「では、明日の仕込みが残っておりますので」

真造はそう言って巾着を取り出した。

本当は終わっているが、そこは方便だ。

「ありがたく存じます」

おかみが頭を下げた。

ほどなく告げられたお代は、初めのときと同じくさほど高くなかった。真造はただちに支払いを済ませた。

「では、お待ちしておりますので」

真造はかどやの面々に言った。

「楽しみにしてまさ」

親方が言った。

「どうぞお気をつけて」

あるじが軽く頭を下げた。

奥の娘も会釈をする。

「なら……気をつけて」

一人だけわん屋には来られない娘に向かって、真造はやさしい声音で言った。

「はい」

おつうは短く答えた。

「お休みなさいまし」

信吉が言う。

「ああ、また」

真造は右手を挙げた。

そして、かどやを後にした。

外の気を吸うと、ほっとしたような、寂しいような、いわく言いがたい感情にとらわれた。

何かを思い切るように、真造は日蔭町の通りを歩いた。

しばらく進んだところで足を止めて振り返る。

風が吹く場末の町に、ぽつんと一つ、赤い灯りがともっている。
そこだけ冥《くら》い花が咲いているかのようだった。
あるいは、目覚めたあともかろうじて憶《おぼ》えている儚い夢のようだ。
その夢あかりをしみじみと見ると、真造はきびすを返した。

第十章　娘人形の名

一

「あとでおもかげ堂が来るぜ」

大河内鍋之助同心が言った。

「今日はからくり人形のお披露目で」

おのれも人形みたいな千之助が言う。

「さようですか。それは楽しみですね」

真造が笑みを浮かべた。

「なら、座敷を使います？」

おみねがたずねた。

ちょうどいま、植木の職人衆の祝いごとが入っていた。かしらが円造をひざに乗せ、植木鋏《ばさみ》で剪定《せんてい》する真似《まね》をさせている。

「ま、そりゃ来てからでいい」

同心が言った。

「祝いごとの余興にもなるんで」

千之助が白い歯を見せた。

「飛騨の神木でつくったからくり人形かい？」

大黒屋の隠居が問うた。

「そのとおりで。角をくっつけただけの小太郎でも湯屋を探し当てたんだ。もっと働いてくれるでしょうよ」

千之助が言った。

「今度も男の子で？」

手を動かしながら、真造がたずねた。

「いや、娘の茶運び人形だ」

同心が答えた。

「お名前は？」

おみねが問う。

「それはこれから思案するらしい」

と、同心。

「何にせよ、楽しみだね」

隠居が手代に言う。

「はい。早く拝見したいです」

座敷の客にも出された豆腐田楽《でんがく》をうまそうに食べていた巳之吉が笑みを浮かべた。

ややあって、おもかげ堂の二人がのれんをくぐってきた。

「ご無沙汰しておりました」

磯松は紫の風呂敷包みを提げていた。

二

祝いごとの最中だった植木の職人衆は、快く座敷を空けてくれた。

みなが見守るなか、磯松が包みを解いた。

「さあ、出ておいで」

玖美が声をかけてから取り出す。

「ほう、こりゃかわゆいな」

「よくできてるぜ」

客から声が飛ぶ。

「こいつぁ何か芸をするのかい」

植木の職人衆のかしらが指さした。

「うちの円太郎と同じ茶運び人形に見えますが」

奥から運んできたおみねが言った。

「きゃっきゃっ」

まだ言葉にはならないが、円造が楽しそうに手を打つ。

ただでさえ円太郎が動けば上機嫌なのに、もう一体加わったから大喜びだ。

「今日はお披露目だけで、うちのものじゃないからね」

おみねがクギを刺すように言った。

「とにかく動かしてみな」

同心が水を向けた。

「では、円太郎ちゃんと歩きくらべをしましょう」

磯松が笑顔で言った。

「こりゃいいや」

「賭けでもするかい」

「わらべの前だからよ」

職人衆がさえずる。

湯呑みの支度が整った。茶を入れて重くし、二体の人形の手に載せる。

「息を合わせて載せるぜ」

同心が千之助に言った。

「へい」

手下が答える。

「一《ひ》の二《ふ》の……三《み》っ」

大河内同心と千之助は息を合わせて湯呑みを置いた。

二体の茶運び人形がゆるゆると動きだす。

「おっ、動いたぜ」

「どっちが速《はえ》えか」

客が身を乗り出した。

しかし、ここで思わぬ成り行きになってしまった。

「あっ、駄目よ、円ちゃん」

おみねが声を発した。

円造がやにわに飛び出し、歩きくらべに加わったのだ。足がぶつかり、円太郎が倒れる。畳はお茶でびしょびしょになった。

「あーあ、駄目じゃないの」

おみねは円造を叱った。

「でも、だいぶ歩いたね」

見守っていた隠居が言った。

円太郎とぶつかった拍子に、円造もべたっと尻餅をついた。

たちまちわんわん泣きだす。

「こりゃ仕切り直しだな」

「円坊の勝ちでいいぜ」

「あ、でも、娘のほうはちゃんと歩いてるぜ」

職人衆の一人が指さした。

円太郎は倒されてしまったが、娘の人形は危うく難を逃れ、笑みを浮かべたままけなげにお茶を運んでいた。

「はいはい、泣かないの」

おみねが円造をなだめる。

「しっかり」

玖美は茶運び人形に声をかけた。

「これなら大丈夫だな」

と、同心。

「いい按配の動きで」

千之助も目を細めた。

「よし、ここまでおいで」

座敷の手前のほうに先回りをした磯松が手をたたいた。

からくり人形は進む。まるでおのれの気持ちに従って歩いているかのような動きだ。

「最後までしっかりね」

玖美が声を送った。

娘の人形は滞りなく磯松のもとに着いた。

「偉かったぞ」

湯呑みを取り上げると、娘は一礼してからゆっくりと向きを変えた。

「芸が細けえぜ」

「よくできてるな」

客が感嘆する。

磯松は茶を呑み干した。

「なら、空になった湯呑みを運んでおくれ」

磯松はそう言って、慎重に湯呑みを置いた。

「おお、戻ってくるぞ」

「こいつぁ凄《すげ》え」

植木の職人衆の顔に驚きの色が浮かんだ。

「ほら、戻ってきたよ」

おみねが円造に言う。

べそをかいていた円造は、娘のからくり人形が戻ってきたのを見ると、一転して花のような笑顔になった。

三

「こりゃ、からくり尾行にも使えそうだな」

一枚板の席で、大河内同心が満足げに言った。

「おいらが飛騨の山奥まで行って採ってきた神木でできてるので」

千之助が胸を張った。

「つくっているときも、気が漂ってきましたよ」

磯松が言った。

「ほんとに、何度手を合わせたことか」

玖美が両手を合わせた。

おもかげ堂の二人のあいだに、ちょこんとからくり人形が座っている。かむろ頭の髪の毛がつややかだ。

「で、名はどうするんだい？」

大黒屋の隠居が問うた。

「どういたしましょう」

磯松が軽く首をかしげた。

「ほかからいい名をいただけそうな気がしたので、あえてつけなかったんです」

玖美が笑みを浮かべた。

「なら、いろいろ出してみようじゃないか。わん屋だから、おわん、とか」

七兵衛が思いつきを口にした。

「それはいかがなものでしょう。……はい、お待ちで」

真造が次の肴を出した。

蒟蒻《こんにゃく》の阿蘭陀《おらんだ》煮だ。

油で炒めたり揚げたりしてから煮込む料理をそう呼ぶ。ていねいに切り込みを入れ、味つけをしてからだしで煮込んだ蒟蒻を円い小鉢につんもりと盛り、七味唐辛子を振って供する。酒の肴には恰好のひと品だ。

「ちょうど阿蘭陀煮が出たところだから、おらんでどうだい」

大河内同心が言った。

「いま一つぴんと来ませんなあ」

千之助がこめかみを指さした。

「おまえも何か思案してごらん」

隠居がお付きの手代に水を向けた。

「手前でございますか」

巳之吉が箸を置く。

「思いついた名でいいから」

と、七兵衛。

「では……手前はうまいものが好きですから、おうまでいかがでしょう」

手代の言葉を聞いて、隠居は思わず苦笑いを浮かべた。

「それじゃ、お馬さんだよ」

「はあ、すんません」

そんな調子で、これといった名がなかなか出なかった。

「あるじはどうだ？　何かひねり出してくれ」

同心が真造に言った。

「一つ思いついた名はあります」

あるおもかげを思い浮かべながら、真造は答えた。

「ほう。言ってくんな」

同心はいくらか身を乗り出した。

「からくり人形は、咎人の臭いを追うつとめをします。いろいろな通りを進み、人には分からないものに通じて、つとめを果たしていきます。そこで、通りと通じるにちなんで、お通《つう》という名はいかがでしょうか」

真造の声に力がこもった。

「お通、お通……」

玖美が名を呼んでみる。

「いい響きですね、お通」

磯松もうなずく。

「よし、決まった」

大河内同心が両手を打ち合わせた。

「ありがたく存じます」

真造は頭を下げた。

若くして亡くなり、月命日だけかどやへ手伝いに来る僂いさだめの娘の名を、せめてからくり人形の名にとどめてやりたかった。

「これから気張ってね、お通ちゃん」

玖美が言った。

「よろしくな」

磯松も和す。

からくり人形のお通の笑みが、ほんの少し増したように見えた。

四

かどやの面々がわん屋に姿を現したのは、二日後の二幕目だった。

「いらっしゃいまし。お座敷でも一枚板の席でも、空いているところにどうぞ」

おみねが身ぶりをまじえて案内した。

ちょうど座敷の客が腰を上げたばかりだ。一枚板の席では柿崎隼人が弟子とともに呑んでいる。

「ああ、これはどうも。ようこそのお越しで」

真造が厨を出てあいさつした。

「おう、つれてきたぜ」

つまみかんざしづくりの親方の卯三郎が言った。

そのうしろには、弟子の信吉も控えている。

「はじめまして。日蔭町のかどやでございます」

あるじの仙次が頭を下げた。

おかみのおうめも続く。

かどやと聞いて、おみねははっとした顔つきになった。月命日だけ手伝いをする娘の話は真造から聞いている。

「われわれは移ろうか。こちらのほうがいいだろう」

柿崎隼人が気を利かせて言った。

「座敷はあぐらをかけますからね」

弟子がそう言って、もう徳利を持って立ち上がった。

「すまねえこって」

親方がわびる。

「相済みません」

かどやのおかみもわびる。

「なんの。われらは呑めればどこでもいいので」

無精髭を生やした武家が笑みを浮かべた。

そんなわけで、かどやの面々は一枚板の席に陣取った。

「今日は舌だめしにうかがいました」

かどやのあるじが言った。

「ためしになるかどうかは分かりませんが、気張ってつくらせていただきます」

真造は二の腕を軽くたたいた。

男たちには酒、おかみには茶が出た。

「小ぶりの鰻《うなぎ》が入ったので、お寿司にしてみました」

真造がまず出したのは鰻の小袖寿司だった。

寿司飯に白胡麻をまぜ、蒲焼きにした鰻の皮目におろし山葵をつける。寿司飯を抱かせたら、さらしでぎゅっと締める。形が定まったところで一口大に切り、煮詰めを塗って粉山椒《こなざんしょう》を振れば出来上がりだ。

「おいしい」

まずおうめが言った。

「煮詰めがまたうまいですな」

かどやのあるじが言った。

「鰻のたれに煮切り酒、それに葛《くず》を少々加えてあります」

真造は何も隠さずに伝えた。

「道理でとろっとしててうめえわけだ」

卯三郎が渋く笑った。

「寿司飯の胡麻もうまいです」

信吉も和す。

「続いて、ちょっと変わった椀物を」

そう言って真造が出したのは、寄せ玉子の椀だった。

巻き簾《す》で形を整えてから切った寄せ玉子が椀種になっている。彩りに絹さやを加えた上品な椀だ。

「これはうちでは出せない料理ですね」

仙次がうなった。

「寄せ玉子がほろっと口の中でとろけます」

信吉が笑みを浮かべた。

鰻は寿司ばかりでなく、生姜煮も出した。中途でいったん煮汁を捨て、再び煮汁を足して煮詰めるのが骨法だ。こうすると脂や臭みが抜け、うま味だけが残る。

「こりゃあ、酒がすすみますね」

かどやのあるじがうなる。

「うちは鰻を扱ったことがないので」

おうめが言った。

「いや、いっぺんやってみたことがあるぞ。おつうが気味悪がったから一度でやめたが」

と、仙次。

「あの子は心がやさしかったから」

おうめはしみじみと言った。

「いまでもやさしいですよ」

信吉が言う。

「いまでも、な」

仙次はそう言って、娘婿になったはずの男に酒をついだ。

真造もおみねも、何も語りかけなかった。どんな言葉をかけていいのか、にわかには分からなかったからだ。

座敷のほうでは、柿崎隼人が門人に剣術の型の指導を始めていた。

「もっと背筋を伸ばして」

その声だけがわん屋に響く。

四半刻《しはんとき》（約三十分）前までは円造の泣き声が響いていたのだが、いまは奥で眠っていた。

「月に一度の逢瀬《おうせ》だからな」

つまみかんざしづくりの親方が口を開いた。

「ええ……でも、あっという間です」

弟子が答える。

「指折り数えてるんじゃねえのかい」

「それでも、あっという間のような気がします」

信吉はそう言って猪口の酒を呑み干した。

そのうち、座敷にはなじみの左官衆が来た。見世はまたにぎやかになったが、一枚板の席は静かな酒だ。

「この先も、帰ってきてくれるかしら、あの子」

おうめがぽつりと言った。

「帰ってこなくなったら、成仏したってことだがな」

仙次があいまいな顔つきで言う。

「成仏しなくたって……」

おうめは言葉を呑みこんだ。

信吉が黙ってうなずいた。

話を聞くと、このあと近くに住む縁者をたずねるらしい。そろそろ締めに入ることになった。

「お茶漬けなどはいかがでしょうか。鯛茶に鰻茶、梅干しに海苔もできますが」

真造が水を向けた。

「なら、おれは鯛茶をもらおうか」

まず卯三郎が言った。

「おいらも」

信吉が手を挙げる。

「では、わたしは梅茶漬けを」

おうめが控えめに言った。

「あいつも梅茶が好きだったな」

と、仙次。

「ええ。わたしに似たんでしょう」

おうめは寂しそうに笑った。

「なら、わたしも梅で」

かどやのあるじが告げた。

「承知しました」

真造は一礼してから手を動かしだした。

鯛茶が二つ、梅茶が二つ。ほどなくできあがった。

「うめえな」

卯三郎が食すなり言った。

「この鯛は昆布締めに？」

信吉が問う。

「そうです。ひと晩置いています」

真造は答えた。

「五臓六腑にしみわたる味だな」

つまみかんざしづくりの親方が笑みを浮かべた。

「梅茶もうまいですよ」

かどやのあるじも言う。

「ほんに、ぷっくりとした梅干しで」

おかみも箸で示した。

「いい梅を入れていただいていますので」

座敷の客から所望された鰻の蒲焼きを焼きながら、真造が言った。

「あいつがいたら、うまそうに食っただろうな」

仙次がぽつりと言った。

「それは言わないことに」

おうめがやんわりとたしなめた。

「ああ、そうだったな。すまねえ」

女房にわびると、仙次は残りの茶漬けを一気に平らげた。

「ああ、うまかった」

卯三郎が箸を置いた。

「ごちそうさまです」

信吉も続く。

ややあって、かどやの一行は腰を上げた。

「おみね、お見送りを」

手が離せない真造が声をかけた。

「はい、ただいま」

おみねが座敷から戻ってきた。

だが、ちょうど折あしく、奥から泣き声が聞こえてきた。円造が目を覚ましてぐずっているのだ。

「おい、起きたぜ」

「おっかさん、行ってやんな」

左官衆が声をかけた。

「見送りはよろしゅうございますので」

かどやのあるじが言った。

「さようですか。相済みません」

頭を下げるなり、おみねは奥へ行った。

真造は座敷へ蒲焼きを運ぶと、急いで戻って代金を受け取った。

「毎度ありがたく存じます。またのお越しを」

真造は言った。

「縁者が近くにおりますので、また舌だめしに来させていただきます」

かどやのあるじが言った。

「おれらも布切れの仕入れがあるんで」

つまみかんざしづくりの親方が渋く笑った。

ここでおみねが円造をあやしながら戻ってきた。

「まあ、かわいい」

おうめが声をあげた。

「いくつですか？」

仙次が問う。

「去年の五月に生まれたばかりで」

真造が答えた。

「なら、まだまだ手がかかりますね」

かどやのあるじが言う。

「うちの子も、こんなにちっちゃいころが……」

おうめが目をしばたたいた。

「はいはい、いい子ね」

おみねが抱っこした円造をゆする。

「丈夫な子に育つのよ」

かどやのおかみが円造の顔を覗きこみ、思いをこめて言った。

「ほら、またねって」

おみねが跡取り息子に言う。

「達者でね」

仙次が言った。

円造はやっと泣きやみ、かすかな笑みを浮かべた。

終章　大川泳ぎくらべ

一

「いよいよですな、海津様」

大河内同心がそう言って、与力に酒をついだ。

「日取りが決まって、かわら版まで出ちまったからな。もう後には引けない」

海津与力が猪口の酒を呑み干した。

日取りが決まったのは、大川泳ぎくらべだった。七月の晦日《みそか》に、大川橋から永代橋まで、江戸で初めての泳ぎくらべが行われる。

「その話で持ち切りですぜ」

千之助がかわら版を指さした。

「気を入れて文案を練った甲斐《かい》がありますな」

戯作者の蔵臼錦之助がそう言って、枝豆を一つ口中に投じた。

初めはかぎりなく戯れ言に近かった泳ぎくらべだが、あれよあれよという間に段取りが決まった。

「あとは天頼みだねえ」

一枚板の席に陣取った大黒屋の隠居が言う。

「雨が降らなきゃいいんですけど」

おみねが言った。

「当日もそうだが、その前からの雨にもよるな」

海津与力が言った。

「川の水かさが増して、流れが速くなったら泳げませんからな」

大河内同心が手つきをまじえる。

「ああ、なるほど。死人が出たりしちゃあ後生が悪いや」

千之助が縁起でもないことを口走った。

「ま、医者の手配はついているし、船も出すからそのあたりは大丈夫だろう」

与力が言った。

「水練組だけじゃなくて、火消しからも泳ぎ自慢が出ますからな。こりゃ応援も派手になりますよ」

戯作者がかわら版を示した。

こんな文案だった。

江戸、いや、日の本初の泳ぎくらべ
七月みそか正午、つひに幕あけ

初めは大川橋西詰、名うての泳ぎ自慢が勢ぞろひ
両国橋でやんやの喝采を受けし精鋭たちは
さらに下つて永代橋を目指す

おお、目を瞠れ
よつて見るべし、この壮挙
ぎりぎりの勝負、いづれが勝つか
七月みそかを忘るるな

そのあとには、下帯一丁の筋骨隆々たる男たちが勇んで泳いでいる画《え》がまことしやかに描かれていた。

「相変わらずですな、先生」

大河内同心がかわら版のあるところを指さした。

「はは、持ったが病《やまい》でしてな」

蔵臼錦之助がにやりと笑った。

おお、目を瞠れ

よつて見るべし、この壮挙

ぎりぎりの勝負、いづれが勝つか

頭の一字をつなげると「およぎ」になるという仕掛けがさりげなく潜んでいる。

「うちの組の者らも気合が入ってますよ」

水練組のかしらの室田源之亟も顔を見せている。

「負けねえようにせねばな」

海津与力がひざをぽんとたたいた。

「おめえは出ないのか?」

同心が手下に水を向けた。

「おいらは忍びなので。そんな目立つところには」

千之助があわてて手を振った。

「出れば応援に行くのに」

鮑《あわび》の刺身を運んできたおみねが言った。

「そりゃあ、海津の旦那のほうに」

千之助は与力のほうを手で示した。

「一番の人気でしょうからな」

戯作者が言った。

「いや、水練組もいれば火消し衆のなかの泳ぎ自慢も出る。そう楽な勝負にはならねえだろう」

海津与力は慎重に言うと、鮑のほうへ箸を伸ばした。

「何にせよ、楽しみですな」

同じかわら版を見ていた七兵衛が言った。

「手前も見物したいです」

手代の巳之吉が瞳を輝かせる。

「なら、両国橋あたりで見物するかい？」

と、隠居。

「ええ、参りますとも」

お付きの手代は二つ返事で答えた。

「だいぶ混むかもしれないがね」

七兵衛はかわら版を指さした。

描かれているのは泳ぎ手ばかりではなかった。両国橋には見物衆が鈴なりになっている。空にはなぜか花火まで揚がっていた。川開きとは関わりがないのだが、そこはまあ筆の勢いだ。

「花火ほどではないでしょう」

巳之吉が笑みを浮かべた。

「わん屋さんはどうする？」

隠居が真造に訊いた。

「さあ、どういたしましょう」

真造は座敷のほうを見た。

からくり人形の円太郎を追って、円造がとことこ歩いている。目に見えて上手に歩けるようになり、客からほめてもらうこともしばしばだった。

ちょうどおみねが戻ってきた。

「泳ぎくらべの見物の話をしていたんだがね」

と、七兵衛。

「休みにして、円造をつれて応援に行くか?」

真造はおみねにたずねた。

「そうねえ。お天気次第で」

おみねは軽く首をかしげた。

「雨降りだったら、風邪《かぜ》を引かすかもしれないからな」

真造が言う。

「なら、晴れていたら行きましょう」

おみねは座敷にも聞こえる声で言った。

「おう、そりゃ泳ぎ手の張り合いになるぜ」

大河内同心が言った。

「泳ぎくらべに勝ったら、ここで打ち上げで」

海津与力が腕を動かすしぐさをする。

「お待ちしております」

わん屋のおかみが笑顔で答えた。

二

その日が来た。

幸いにも、七月の晦日は晴天に恵まれた。

数日前に雨は降ったが、水かさが増し、流れがむやみに速くなることはなかった。

大川橋のたもとには、泳ぎくらべに出場する面々がすでに勢ぞろいしていた。

早くも下帯一丁になり、身を動かしながら待っている者もいる。

「調子はどうですかい、旦那」

岸から千之助が声をかけた。

「上々だ」

白い浴衣《ゆかた》を羽織った海津与力が腕を回しながら答えた。

「鉢巻きがよく似合いますよ」

大河内同心も言う。

「泳いでる途中で取れねえようにしないとな」

海津与力はそう言って、白い鉢巻きを指さした。

見物衆に分かりやすいように、鉢巻きの色を分けたのは、大河内同心の知恵だった。

海津与力が白、室田源之亟をはじめとする四人の水練組の精鋭は紺、東西の火消しから選ばれた二人は赤。総勢七人の泳ぎくらべだ。

「川波はたいしたことがなさそうですな」

船の中からそう言ったのは、蔵臼錦之助だった。

隣には絵師も乗っている。いつも見てきたようなかわら版の文案をでっちあげる戯作者だが、今日は本当にその目で見て書くつもりだ。

船はもう一艘控えていた。そちらには襷《たすき》をかけ渡した町方の役人と、白髯《はくぜん》の医師が乗りこんでいる。泳ぎ手が途中で具合が悪くなったら助けて手当てをするための船だ。

「おう、まだかい」

「そろそろやってくんな」

橋の上の見物衆から声が飛んだ。

江戸、いや、日の本初の泳ぎくらべをひと目見ようと、橋の上にはずらりと見物衆が並んでいる。両国橋と永代橋もずいぶんな人出のようだ。

「よし、そろそろだな」

旗振り役の大河内同心が言った。

手にした白旗をかざし、役人に合図を送る。

「泳ぎ手、集まるべし」

役人が声をかけた。

「おう」

二人の火消しが勇んで前へ進み出た。

「よし」

海津与力が浴衣を脱いで役人に渡した。

機は熟した。

まず桟橋から飛びこみ、橋の下に浮かべた樽《たる》を回って下流を目指す。

最後の永代橋をくぐり、真っ先に姿を現した泳ぎ手が勝ちだ。

「では、泳ぎくらべを始める。支度は良いか」

大河内同心が泳ぎ手たちに声をかけた。

「おう」

紺の鉢巻きをきりりと締めた室田源之亟が右手を挙げた。

「いいぜ」

「行くぞ」

火消し衆が気合を込める。

「では、数読みを始める。十《とお》、九、八……」

大河内同心が声を張り上げた。

千之助が面妖なものを持っていた。

ほら貝だ。

「三《みぃ》、二《ふぅ》、一《ひぃ》……始めっ」

同心が白旗を振り下ろした。

千之助がほら貝を吹き鳴らす。

それを合図に、七人の泳ぎ手はいっせいに大川へ飛びこんだ。

三

「あっ、来ましたよ、大旦那さま」

手代の巳之吉が大川の上手《かみて》を指さした。

「はは、おまえは目がいいね」

大黒屋の隠居の七兵衛が笑みを浮かべた。

早めに出た甲斐あって、橋の中ほどから見物することができた。うしろにも人垣ができている。もう少し遅れたら、見るのに難儀しただろう。

「おっ、赤い鉢巻きだぜ」

「火消しだな」

「二人で競ってるぞ」

見物衆から声が飛んだ。

「与力さまはどうだろうね」

隠居がいくらか身を乗り出した。

ややあって、泳ぎ手の鉢巻きの色がはっきりと見えてきた。

先頭は赤い鉢巻きの二人の火消しで、だいぶ水が空いている。半町（約五十メートル強）足らずの三番手を紺の鉢巻き。体二つほどの差で、あとの四人が群れを成して泳いでいた。

「白鉢巻きはいちばんうしろです」

手代が残念そうに言った。

「まだ分からないよ。ここから永代橋までだいぶあるからね」

七兵衛が言った。

「いいぞ、火消し」

「気張れ」

橋の上から声が飛んだ。

やがて、三番手が来た。

「追いつけるぞ、かしら」

「火消しに負けるな、水練組」

少し離れたところから声が飛んだ。

どうやら前を追っているのは室田源之亟らしい。

ほどなく、最後の群れが来た。

「気張ってくださいまし、海津さま」

七兵衛が精一杯の声を発した。

「気張れ、気張れ」

巳之吉も和す。

みなきれいな横伸しで泳いでいた。ただし、息継ぎをする向きはいろいろだ。

海津与力の白い鉢巻きは、相変わらずいちばんうしろだった。

しかし、あわてる風もなく、ゆったりと泳いでいた。

「さて、ゆっくり戻るかね」

泳ぎ手たちが通り過ぎたら、もう見るものはない。隠居は両国橋の西詰のほうへ引き返しはじめた。

その耳に、声が届いた。

「おっ、白鉢巻きが出てきたぜ」

「泳ぎ上手の与力らしいぞ」

「ここからどんだけ追えるか」

下流のほうを見ていた見物衆がさえずる。

両国橋を越えたところで、最後方で力をためていた海津与力が前に出てきた。

勝敗のゆくえは、まだまだ分からなかった。

四

勇んで先頭を泳いでいた二人の火消しだが、目に見えて腕が鈍ってきた。始めに飛ばしすぎたのだ。

ことに、片方の火消しは息が上がってしまい、ただ泳いでいるのも難儀な様子だった。

「大丈夫か」

役人が船から声をかけた。

赤い鉢巻きを締めた火消しは少し迷ってから泳ぎだした。

ただし、下流へではなかった。火消しは船のほうへ向かってきた。

「よし、手を伸ばせ」

役人が救いの手を伸ばす。

医者と二人がかりで助けあげると、力を出し尽くした火消しは太息《ふといき》をついた。

水を吞ませ、医者が心の臓の音を聞く。どうやら大丈夫そうだ。

もう一人の火消しは、休み休み泳ぎつづけていた。そのうしろから、紺の鉢巻きが迫る。

水練組のかしらの室田源之亟だ。泳ぎにはいくらか陰りが出てきたが、火消しとの差はひとかきごとに詰まってきた。

さらにそのうしろから、白い鉢巻きが追ってきた。海津与力だ。前半は力をため、いちばんうしろを泳いでいた。人が泳ぐと流れができる。その流れに乗って泳げば、おのれの力を倹約することができる。知力に秀でた隠密与力は、そういう勘どころをよく心得ていた。

半ばの両国橋を越えたところで力を出してきた海津与力は、水練組の三人を抜き去り、かしらの室田源之亟を追った。その差は着実に詰まってきた。

行く手に永代橋が見えてきた。その下を真っ先に泳ぎ抜けた者が勝ちだ。

もう一人の火消しは、ただ泳いでいるだけで精一杯の様子だった。水練組のかしらに抜かれたときも、ついていく力は残っていなかった。続いて、与力にも抜かれる。

勝負は一騎打ちになった。その差が体一つにまで詰まる。

見物衆で埋まった永代橋が大きくなった。

五

その見物衆のなかに、わん屋の家族がいた。

前もって貼り紙をし、晴天なら休んで見物へ行くことを客に知らせてあった。泳ぎくらべの刷り物も配った。真造は円造を抱いて、おみねとともに早めに永代橋へ向かった。

「おっ、来たぞ」

円造を肩車した真造が言った。

「いい勝負ね」

おみねが身を乗り出す。

「鉢巻きの色はどうだ？」

真造は目を凝らした。

やがて、おぼろげだった色が見えてきた。

「紺だぜ。水練組だ」

「白も追ってるぞ」

「どっちも気張れ」

近くで声があがった。

「海津さま、しっかり」

おみねがびっくりするほど大きな声を送る。

「きゃっ、きゃっ」

円造も声を発した。

わけが分からないなりに面白いようだ。

「差が詰まってきたぞ」

真造が言った。

もう体半分まで来た。与力の追い上げは急だ。

しかし、水練組のかしらも必死に粘っていた。残りが少ない。まもなく永代橋に差しかかる。このままどうにか逃げ切りそうだ。

そう思われたとき、やにわに海津与力の泳ぎが変わった。

「おおっ」

真造は思わず声を発した。

それまで横伸しだった与力は、立ち泳ぎに切り替えたかと思うと、両腕を水車のように勢いよく回しはじめたのだ。

「てやっ、てやっ」

掛け声を発しながら、水を盛大にかく。

足は激しい踏み足。甲冑をまとってでも泳げる泳法だ。

見る見るうちに差が詰まる。紺と白の鉢巻きは、ほぼ同時に橋の下へ姿を消した。

「どっちだ?」

「抜いたんじゃねえか」

声が飛ぶ。

「向こう側へ行きましょう」

おみねがうながした。

「すぐには見えないぞ」

せがれを肩車したまま真造も続いたが、前は人だかりだ。勝敗の決着をその目で見ることはできなかった。

「白だ」

声があがった。

「凄《すげ》え。最後に抜きやがった」

それを聞いて、わん屋の二人の表情がやわらいだ。

「さすがは海津さま」

真造が笑顔で言った。

「うちでお祝いね」

と、おみね。

「そうだな。こちらも腕によりをかけて料理をつくらないと」

真造が答えた。

泳ぎ終えた者は、橋の下手《しもて》に控えていた船に上がって休む。

いま白い鉢巻きの男が上がるところだった。

「海津さま、おめでたく存じます」

真造がよく通る声を発した。

それは与力の耳に届いたようだ。

泳ぎくらべに勝った男は、船に上がると、青い空に向かって誇らしげに右手を突き上げた。

[参考文献一覧]

田中博敏『お通し前菜便利集』（柴田書店）
田中博敏『旬ごはんとごはんがわり』（柴田書店）
柳原尚之『和食のきほん』（池田書店）
野口日出子『魚料理いろは』（高橋書店）
鈴木登紀子『手作り和食工房』（グラフ社）
畑耕一郎『プロのためのわかりやすい日本料理』（柴田書店）
『人気の日本料理2　一流板前が手ほどきする春夏秋冬の日本料理』（世界文化社）
土井勝『日本のおかず五〇〇選』（テレビ朝日事業局出版部）
土井善晴『土井善晴さんちの「名もないおかず」の手帖』（講談社＋α文庫）
『復元・江戸情報地図』（朝日新聞社）
菊地ひと美『江戸衣装図鑑』（東京堂出版）
古川陽明『古神道祝詞　ＣＤブック』（太玄社）
「いしちゃんのブログ」
ウェブサイト「江戸風俗図絵」

本書は書き下ろしです。

実業之日本社文庫　く47

夢《ゆめ》あかり　人情料理《にんじょうりょうり》わん屋《や》

2020年4月15日　初版第1刷発行

著　者　倉阪鬼一郎《くらさかきいちろう》

発行者　岩野裕一
発行所　株式会社実業之日本社
〒107-0062　東京都港区南青山5-4-30
CoSTUME NATIONAL Aoyama Complex 2F
電話［編集］03(6809)0473［販売］03(6809)0495
ホームページ　https://www.j-n.co.jp/
DTP　ラッシュ
印刷所　大日本印刷株式会社
製本所　大日本印刷株式会社

フォーマットデザイン　鈴木正道（Suzuki Design）

ISBN978-4-408-55582-9（第二文芸）